Tien-en-*een*-nacht

Van dezelfde auteur

Het lot van de familie Meijer
De verborgen geschiedenis van Courtillon
Terugkeer ongewenst

Charles Lewinsky

Tien-en-*een*-nacht

Vertaald door Elly Schippers

SIGNATUUR

2013

Oorspronkelijke titel: Zehnundeine Nacht
Oorspronkelijk verschenen bij Nagel & Kimche
Vertaald uit het Duits door Elly Schippers

Omslagontwerp: Wil Immink Design
Omslagbeeld: Wil Immink Design/ Thinkstock
Foto auteur: Reyer Boxem
Typografie: Pre Press Media Groep, Zeist
Druk- en bindwerk: Koninklijke Wöhrmann, Zutphen

ISBN 978 90 5672 392 7
NUR 302

Eerste druk, november 2013
Tweede druk, e-book, november 2013

FSC
www.fsc.org
MIX
Papier van verantwoorde herkomst
FSC® C110751

Dit boek is gedrukt op papier dat het keurmerk van de Forest Stewardship Council (FSC®) mag dragen. Bij dit papier is het zeker dat de productie niet tot bosvernietiging heeft geleid. Een flink deel van de grondstof is afkomstig uit bossen en plantages die worden beheerd volgens de regels van FSC. Van het andere deel van de grondstof is vastgesteld dat hiervoor geen houtkap in de laatste resten waardevol bos heeft plaatsgevonden. Daarom mag dit papier het FSC Mixed Sources label dragen. Voor dit boek is het FSC-gecertificeerde Munkenprint gebruikt. Dit papier is 100% chloor- en zwavelvrij gebleekt en wordt geleverd door Arctic Paper Munkedals AB, Zweden.

De sultan wilde weten hoe het verhaal verderging en besloot daarom Sheherazade nog een dag langer te laten leven.

– VERHALEN UIT DUIZEND-EN-EEN-NACHT

Het paleis

Het gebouw was ooit een hotel geweest. Minder deftig dan het in zijn beste tijden had willen lijken, maar toch. De neonletters op de voorgevel waren verwijderd. De contouren ervan waren nog te lezen: PALACE.

Je kon er nog altijd wonen, al zou je het niet zeggen.

Jaren geleden was tijdens een ruzie die sommige bewoners zich nog konden herinneren, de grote ruit van de hoofdingang gesneuveld. De deur was dichtgetimmerd en sindsdien kon je alleen naar binnen door de oude dienstingang op de binnenplaats. Die was niet makkelijk te vinden, maar wie hier thuishoorde, wist de weg en vreemdelingen waren niet welkom. Je opende de metalen deur, die altijd op een kier stond, en liep dan dwars door de keuken, waar groene schimmelsporen op de muur de contouren aangaven van allang weggehaalde fornuizen. Vandaar kwam je via de weg die de kelners vroeger namen in de eetzaal, waar het skelet van een kroonluchter aan het plafond hing. Iemand had er zorgvuldig de geslepen glasprisma's af gehaald. Daar vond je altijd wel een koper voor.

Daarna liep je door de foyer, waar tegen de pilaren fietsen stonden, waarvan er niet één compleet was. Een met lege flessen volgegooide kinderwagen wachtte al jaren tot hij werd weggehaald. Op de verlaten balie van de portier stonden, keurig in het gelid, verschillende paren afgetrapte schoenen. Een balpen bungelde zonder stift aan een metalen spiraal. Inschrijfformulieren werden hier allang niet meer ingevuld. Toch waren de kamers op de vier verdiepingen bijna allemaal verhuurd.

Op de trap naar boven lag nog een verschoten rode loper. Sommige van de koperen roeden waarmee hij vroeger vastzat, waren losgeschoten. Je moest je voeten voorzichtig neerzetten om niet te struikelen. De lift was defect.

De gangen zagen er op alle verdiepingen hetzelfde uit. Tussen twee deuren zat telkens een lichte vierhoek op de muur. In die lege lijsten van verwijderde schilderijen had iemand met een kinderlijk handschrift keurig opgeschreven wat daar ooit te zien was geweest: Florence, Parijs, het strand van Rio de Janeiro.

Sommige gasten logeerden maar een paar dagen in het Palace, andere woonden er al jaren. Je kon het verschil aan de deuren zien. Wie hier al wat langer verbleef, had meestal meer dan één slot aangebracht.

De huur werd contant betaald. De mannen die het geld inden, kwamen altijd met z'n tweeën.

De prinses had een tweepersoonskamer, wat niet veel wilde zeggen. Hij was niet veel groter dan de andere, maar lag aan de straatkant en niet aan de binnenplaats, waardoor hij wat lichter was. Het maakte haar niets uit. Overdag sliep ze meestal. Ze had een eigen badkamer en dat was belangrijk in haar beroep.

De meubels had ze in de loop der jaren zelf aangeschaft of cadeau gekregen. Ze had er zo weinig interesse voor dat ze niet meer dan het hoogstnodige had verzameld. Een bed natuurlijk, breed genoeg voor twee personen, maar toch zo smal dat je er ook alleen in kon liggen zonder iets te missen. Een nachtkastje met een marmeren blad. Twee stoelen waar de bezoekers hun kleren op konden leggen. Een kast met daarop de grote koffer die ze ooit zou pakken om weg te gaan en niet meer terug te komen.

Op de muren had ze ansichtkaarten geprikt, landschappen met watervallen en zonsondergangen. Als iemand de kleurige prenten van de muur had gehaald en ze had omgedraaid, was hem meteen opgevallen dat er geen groet op stond. Ze had ze zelf meegebracht in de tijd dat ze zich nog vakanties kon veroorloven. Maar er was niemand die de kaarten omdraaide.

Ook het kleed was afkomstig van een reis. Soms herinnerde ze zich hoe kleurig het ooit was geweest. Het kon niet tegen het zonlicht en dat begreep ze.

Het was geen mooie kamer. In de vloerbedekking zaten brandgaatjes en het plafond zat vol vochtplekken. Op een keer had ze een emmertje witte verf gekocht om het over te schilderen, maar ze had er nooit genoeg puf voor gehad. Sindsdien stond het emmertje in de badkamer in de weg. De verf was allang ingedroogd.

De vensterbank was door een van de vorige huurders verbreed, zodat je er ook aan kon eten. Ze zou over haar bord heen naar de straat kunnen kijken, maar ze liet de gordijnen meestal dicht. Er viel toch niets te zien.

Ze kende het Palace nog uit zijn betere tijden, die ook niet goed waren geweest. Het lag toen gunstig voor haar werk, niet alleen omdat het dicht bij het station was, maar vooral ook vanwege de vele bars in de buurt, waar altijd genoeg klanten te vinden waren.

Toen.

De rode pluchen bars waren nu heel gewone kroegen, vol dronkenlappen die hun kleine beetje geld liever investeerden in de volgende en de daaropvolgende fles. En op elke hoek loerde de concurrentie van de meisjes die bij iedereen in de auto stapten om aan geld te komen voor de volgende shot. De goede tijden behoorden allang tot het verleden.

De tijden waarin je nog van een toekomst kon dromen.

Toen.

Toen was ze zwanger geworden. Dat was langer geleden dan ze voor zichzelf toe wilde geven. Ze had plannen gemaakt om eruit te stappen, te emigreren en een nieuw leven te beginnen. Ze had de grote koffer gekocht. Daarna had ze het kind weg laten halen en zichzelf wijsgemaakt dat het zo beter was.

Het was niet beter geweest. Maar als je gaat terugdenken aan oude illusies, zit je fout. Dan droom je alleen maar akelig.

De prinses was ouder geworden, dat viel niet te ontkennen. Als ze zichzelf in de spiegel bekeek, herkende ze haar eigen gezicht bijna niet meer en toch kon ze zich er met de dag minder van overtuigen dat het ooit anders was geweest. Misschien lag het aan de spiegel. Hij hing er al tijden en had doffe plekken.

Misschien lag het ook wel aan haar.

'Je hebt vermoeid vlees,' had een klant al eens tegen haar gezegd en ze had hem niet tegengesproken.

Ze was moe.

Het aantal klanten was afgenomen en de paar die de weg door de dienstingang nog wel wisten te vinden, zochten bij haar niet meer hetzelfde als vroeger. Geen opwinding en avontuur, maar rust en troost. Hoe gewoner ze waren, hoe meer ze de bevestiging nodig hadden bijzondere mensen te zijn, met lotgevallen zoals alleen zij die hadden moeten doorstaan. De prinses nam hen in haar armen en hielp hen zichzelf iets wijs te maken. Ze verzon een werkelijkheid waarin ze zich thuis konden voelen. Ze vertelde hun alle verhalen die ze graag wilden horen.

Het vertellen bespaarde haar heel wat andere dingen en daarom deed ze erg haar best.

Toch waren er op een gegeven moment bijna geen klanten meer overgebleven. Er was er maar één, niet de aangenaamste, die nog geregeld kwam. Meestal betaalde hij zelfs. Ze moest toegeven dat het haar eigen schuld was. Ze had meer moeite moeten doen. Aantrekkelijker moeten blijven. Maar verhalen verzinnen was eenvoudiger.

Hun eerste ontmoeting was toeval geweest. Hij deed zaken in het hotel, zoals hij overal zaken deed, en iemand had hem over haar verteld. Waarschijnlijk niet veel goeds, maar dat beviel hem juist. Hij had zelf een slechte reputatie en was daar trots op. Ook hij had zijn beste tijd gehad.

Bovendien had hij iemand nodig met wie hij kon doen wat hij wilde.

De eerste keer leek hij iemand die niet zo nodig hoefde. Die alleen maar toegaf aan een gril omdat hij zich dat kon veroorloven. Maar algauw deed hij alsof het de gewoonste zaak van de wereld was. Alsof hij bij haar thuis was.

De belangrijkste dingen die een mens nodig heeft, had hij bij haar gestald: een tandenborstel, een pyjama en zijn goedkope whisky. Hij had zich ook de duurste kunnen permitteren, maar hij was nu eenmaal aan die andere gewend.

Soms bleef hij zelfs de hele nacht.

Hij noemde haar prinses omdat ze hem in de rosse buurt de koning noemden, een naam die hij droeg als het litteken van een gewonnen knokpartij. Zijn uitleg over de herkomst van die bijnaam was niet altijd dezelfde. Ze wees hem daar niet op. Je kon hem maar beter niet tegenspreken.

Hij sloeg haar niet al te vaak en als hij het deed, had hij er achteraf spijt van en maakte hij het weer goed. Zodoende kon ze de huur betalen.

Hij kwam ook niet daarvoor, tenminste niet altijd. Hij kwam om zich verhalen te laten vertellen, passend bij zijn humeur en nooit twee keer hetzelfde.

Ze nam zich steeds weer voor de verhalen van tevoren te bedenken, maar meestal vergat ze het. Gelukkig was hij gauw tevreden.

Als ze maar vertelde.

De eerste nacht

'Er was eens ...' zei de prinses.

'Heb je iets te eten voor me?' vroeg de koning.

'Het spijt me.'

'Doet er ook niet toe,' zei de koning. 'Ik bestel straks wel een pizza.'

'Er was eens een man,' begon de prinses opnieuw, 'die zich van kant wilde maken. Dus liep hij naar het dichtstbijzijnde metrostation en ging op de rand van het perron staan, helemaal aan het begin, waar de treinen net uit de tunnel komen en daarom nog veel vaart hebben. Hij had uitgerekend dat hij dan vlugger dood zou zijn.'

'Als het mijn beurt is,' zei de koning, 'wil ik dat niet van tevoren weten. Gewoon neervallen en *boem*, dat was het dan. Liefst in bed met een vrouw. Een laatste stoot en je bent dood. Heb je ten minste een stuk chocola?'

'Ik hou niet van zoetigheid.'

'Soms vraag ik me af waarvoor ik hier eigenlijk kom.'

'Voor mijn verhalen,' zei de prinses.

'Zit dan niet te lullen,' zei de koning, 'en begin eindelijk te vertellen.'

'Zoals je wilt,' zei de prinses. 'Er was eens een man, die zich van kant wilde maken.'

'Waarom?' vroeg de koning.

'Heb je daar een reden voor nodig?'

'Eigenlijk niet,' zei de koning. 'Ik ben alleen graag op de hoogte.'

'Laten we zeggen dat hij alles had verloren wat belangrijk voor hem was geweest: zijn vrouw, zijn kind, zijn huis. Is dat voldoende?'

'Dat is voldoende,' zei de koning. 'Nu kan ik me hem voorstellen: een echte loser.'

De prinses ging door met haar verhaal. 'De man stond dus op de rand van het perron op de volgende trein te wachten. Eén had hij er voorbij laten gaan omdat hij dacht in de cabine iemand met lang haar gezien te hebben. Een vrouw wilde hij niet opzadelen met de rompslomp die zo'n zelfmoord met zich meebrengt.'

'Ik zei het toch: een loser.'

'De volgende trein naderde. De man merkte dat het besluit om zich van kant te maken, zijn gehoor had gescherpt. Eerder dan de andere wachtenden hoorde hij in de verte het geratel van de locomotief. Hij liet het geluid harder en harder worden. Hij wilde in geen geval te vroeg springen. Hij was bang dat de trein dan misschien nog zou remmen en hem alleen maar invalide zou maken.

Om het juiste moment te kiezen concentreerde hij zich op een stukje krantenpapier dat precies in de opening van de tunnel op de rails lag. Door de luchtkolom die elke trein voor zich uit stuwt, zou het opwaaien op het moment voordat de locomotief uit het gat kwam. Dat zou het teken zijn. Dan zou hij springen.

Nu hadden ook de anderen de trein gehoord. Ze pakten hun boodschappen- en aktetassen steviger vast en maakten zich gereed om op de deuren af te stormen. De man merkte daar niets van, hij bleef maar naar het stukje krant staren, en toen het als een levend wezen begon te fladderen, alsof het de naderende trein te laat had ontdekt en zich nu wanhopig in veiligheid probeerde te brengen, toen het geluid van de locomotief al was aangezwollen tot gebulder, kwam hij in beweging, sprong uit alle macht ...'

'... en was dood,' zei de koning. 'Dat wordt een verdomd kort verhaal. Tenzij er spoken in voorkomen.'

'Nee,' zei de prinses. 'Hij was niet dood. Iemand greep hem bij zijn schouder, zodat hij wel struikelde maar niet over de rand viel. En daarop hoorde hij een stem die zei: "Dat had lelijk af kunnen lopen."'

'Een beschermengel,' zei de koning.

'Een gewone man, die heel toevallig achter hem stond.'

'Ik had hem laten springen,' zei de koning.

'Dat weet ik,' zei de prinses.

De koning keek de kamer rond. 'Heb je echt niets te eten?'

'Er moet nog ergens een pot zure bommen staan.'

'Ik ben toch niet zwanger,' zei de koning schamper.

'Moet ik iets laten komen?' vroeg de prinses.

'Straks,' zei de koning. 'Eerst wil ik het verhaal horen. Al was het tot nu toe behoorlijk triest.'

'Het eindigt leuk,' zei de prinses. 'Dat beloof ik.'

De koning strekte zich uit op het bed. 'We zullen zien,' zei hij.

'De man die zich niet van kant had mogen maken, keek zijn redder zonder enige dankbaarheid aan. Die had niets opvallends. Een of andere kantoorklerk in pak en das. Gedekte kleuren. Middenkader. Alleen zijn bril had een opvallend gekleurd montuur. Waarschijnlijk uitgezocht door zijn vrouw.

"Alles in orde?" vroeg de man.

"Nee," zei de geredde. "Ik leef nog."

"Dat spijt me," zei de man automatisch. Waarschijnlijk had hij niet goed geluisterd. "Maar nu moet u me excuseren." Hij begon te rennen en kon zich nog net in de trein wurmen voor de deuren dichtgingen.

De levensmoede man keek hem na, treurig en een beetje boos. Met die ene mislukte poging had hij al zijn energie verspeeld. Zijn wanhoop was wat gezakt. Voor een tweede poging zou hij niet genoeg kracht meer hebben. Hij maakte aanstalten om weer naar de roltrappen te lopen, toen hij ergens over struikelde. Het was een dure aktetas, die zijn redder in de opwinding van het moment had laten staan. Hij bukte zich om hem op te rapen, maakte hem open en vond daarin ...'

‘Dat is een flauw trucje,’ viel de koning haar in de rede. ‘In die tas zit natuurlijk een dik pak bankbiljetten. Daarmee wordt hij rijk en kan hij zich een veel jongere en mooiere vrouw veroorloven dan degene die bij hem weggelopen is. Die nieuwe vrouw zet een stel nieuwe kinderen op de wereld en ze leven nog lang en gelukkig. Happy end. Heb je echt niets beters weten te bedenken? Je hebt de hele dag de tijd gehad.’

‘Nee,’ zei de prinses, ‘het verhaal gaat anders. In de tas zaten geen bankbiljetten. Alleen een paar oninteressante papieren, een krant, een foto van een vrouw met een baby op de arm, een agenda en een zorgvuldig weer ingepakte boterham, waar een hap van was genomen. De man had zeker genoeg gehad, maar was te zuinig geweest om de rest gewoon weg te gooien. De gemankeerde zelfmoordenaar at de boterham op, hoewel hij hem niet smaakte, maar hij had honger.’

‘Net als ik,’ zei de koning.

‘De levensredder was intussen thuisgekomen, hij had zijn vrouw gekust, in de kinderkamer “Kiekeboe” tegen zijn zoontje gezegd en hem toen aan haar gegeven om hem een schone luier om te doen. Hij had zijn schoenen uit- en zijn pantoffels aangetrokken. Daarna zei hij om de paar minuten tegen zijn vrouw dat dat van die aktetas wel vervelend was, maar dat hij zich niet echt zorgen maakte. Voor in de agenda stonden zijn naam en adres, daarnaast had hij eigenhandig geschreven: “Vinder wordt beloond.” Dus kon hij er redelijkerwijs van uitgaan dat het niet lang zou duren of iemand bracht de tas terug. Telkens als hij dat zei, antwoordde zijn vrouw: “Je hebt vast gelijk.” Ze waren al een paar jaar getrouwd.

Daarna had de baby zijn avondflesje leeggedronken, een boertje gelaten en was in slaap gevallen. De ouders gingen net aan tafel voor het avondeten toen er werd aangebeld. De vrouw deed open. In het trappenhuis stond een onbekende man met de aktetas van haar man in zijn ene en een volle plastic tas in zijn andere hand. “Waar kan ik voor het eten mijn handen wassen?” vroeg hij.’

'Gewoon zomaar?' vroeg de koning.

'Gewoon zomaar,' zei de prinses. 'Hij wachtte ook niet tot hij binnen werd gevraagd, maar drukte de vrouw de aktetas en de plastic tas in de hand en stapte de hal in. Hij knikte de man van de vrouw, die nog steeds aan de eettafel zat, door de open deur toe als een oude kennis, en nadat hij eerst per ongeluk de deur van de kinderkamer had opengedaan, verdween hij in de badkamer.

"Hij heeft je aktetas gebracht," zei de vrouw.

"Dat had ik wel verwacht," zei haar man.

Ze hoorden dat de wc werd doorgetrokken. Daarop kwam de bezoeker de woonkamer in. Terwijl hij binnenkwam, veegde hij zijn natte handen af aan zijn broek. "Ik wist niet welke handdoek ik moest gebruiken," zei hij. "Ik wil u geen last bezorgen."

Hij pakte een stoel, opnieuw zonder dat iemand hem daartoe had uitgenodigd, en ging bij hen zitten.

"Bedankt voor de tas," zei de heer des huizes.

De vreemdeling knikte en zei: "Ik begrijp heel goed dat u uw boterham niet hebt opgegeten. Te veel mayonaise, dat is niet gezond. Ik heb er mijn buik ook niet mee kunnen vullen. Mag ik mevrouw daarom om een bord en bestek vragen?"

Toen ze niet reageerde, knikte de ongenode gast voor de tweede keer, alsof hij niets anders had verwacht, en hij zei beleefd: "Als uw man zich er niet mee had bemoeid, was ik al twee uur dood geweest. Nu is hij dus verantwoordelijk voor me."'

'Waarom gooiden ze hem er niet uit?' vroeg de koning.

'Ze wisten niet hoe ze dat moesten aanpakken. De vrouw haalde een bord, bestek en een servet uit de keuken en de man schepte de onverwachte gast aardappelen, sla en een rolmops op. Burgerpot.'

'Rolmopsen,' zei de koning verlekkerd. 'Daar was ik als kind dol op. Maar ik mag ze nooit bestellen omdat anderen dan denken dat ik me niets duurs kan veroorloven.'

'De bezoeker vond de rolmops niet lekker. "Zoiets moet u niet elke dag op tafel zetten," zei hij tegen de vrouw. "Als ik 's avonds te zout eet, krijg ik 's nachts dorst, dan word ik om de paar uur wakker en moet ik iets te drinken halen. Dat zou hinderlijk voor u zijn en ik wil ook de baby niet wakker maken. Zoals ik al zei, ik wil u geen last bezorgen."'

'Ik had hem het gat van de deur gewezen,' zei de koning. 'Hem een schop onder zijn kont verkocht.'

'Bij jou was hij ook niet gekomen,' zei de prinses. 'Want jij had hem gewoon van het perron laten springen.'

'Dat is ook weer waar,' zei de koning.

'Ze maakten een provisorisch bed voor hem in het kamertje dat de heer des huizes zijn kantoor noemde, hoewel hij de computer op het oude bureau alleen gebruikte om online patience te spelen. Er stond een bank, die niet echt comfortabel was en eigenlijk te klein voor een volwassen man. Maar de bezoeker klaagde niet, hij verontschuldigde zich alleen heel beleefd voor de moeite die ze voor hem moesten doen, vooral omdat hij zijn gastheer ook nog moest vragen hem een pyjama te lenen. In zijn plastic tas zat niet veel meer dan wat ondergoed en een tandenborstel.

Toen de vrouw 's nachts een keer opstond om naar de baby te kijken, hoorde ze de gast zachtjes snurken. Verder stoorde hij haar niet.'

'Snurk ik eigenlijk?' vroeg de koning.

'Zo hard dat je er niet naast kunt slapen,' zei de prinses.

'Je moet ook niet slapen als ik er ben,' zei de koning. 'Daar betaal ik je niet voor.'

'Toen de vrouw de volgende ochtend opstond,' vervolgde de prinses, 'zat de vreemde man al in de keuken aan tafel en vroeg of ze zijn ei, als het niet te veel moeite was, precies vierenhalve minuut wilde koken. "Ik weet niet waarom," zei hij, "maar het staat me tegen als het nog half vloeibaar is." Terwijl ze zijn ontbijt klaarmaakte, bekeek ze hem onopvallend. Ze vond dat de blauw-wit gestreepte pyjama hem beter stond dan haar man.

Die was weer eens te laat opgestaan en dronk alleen staande een kop koffie, terwijl hij zijn vrouw zijn das liet strikken. “De koffie is veel te heet,” zei hij en zij antwoordde zoals elke morgen: “Het spijt me.” Hij had zo’n haast dat hij niet eens de tijd vond om “Kiekeboe” tegen zijn kind te zeggen. Met zijn aktetas al in zijn hand bleef hij in de deur nog een keer staan en vroeg aan de man aan de keukentafel hoe lang hij wilde blijven.

“Ik wil helemaal niet blijven,” antwoordde de man. “Ik wil dood. Maar u moest zich er zo nodig mee bemoeien.”

Toen ze alleen waren, wilde de gast zijn ontbijtspullen afruimen. De vrouw stond het niet toe. Ze bood aan zijn spijkerbroek en zijn overhemd te wassen en het brandgaatje in zijn trui te stoppen, waar ooit de gloeiende punt van een sigaret op was gevallen. Hij kon zolang wel iets van de spullen van haar man uitzoeken. Zijn kleerkast puilde uit en vooral de lichtere pakken droeg hij nooit. Ze moesten ongeveer dezelfde maat hebben, dacht ze.

De man koos een beige zomerpak, een lichtblauw overhemd en een donkerblauwe stropdas. Zijn afgetrapte schoenen pasten daar absoluut niet bij, maar gelukkig had hij ook dezelfde schoenmaat als de heer des huizes. Hij moest maar een eindje gaan wandelen, zei de vrouw, dat zou hem vast goeddoen. Maar hij moest beslist een jas aantrekken.

In de zak van de jas vond hij een vergeten briefje van twintig euro, waar hij een bos bloemen van kocht. Gele rozen, haar lievelingsbloemen.’

‘Wat zijn jouw lievelingsbloemen?’ vroeg de koning.

‘Gele rozen,’ zei de prinses.

‘Je hebt een waardeloze smaak,’ zei de koning. ‘Rozen moeten rood zijn.’

‘De vlekken in de spijkerbroek waren er niet uit gegaan en de vrouw vond dat hij het pak gerust aan kon houden, haar man droeg het toch nooit. Ze wilde weten of hij voor de lunch genoeg had aan een kop soep en een paar belegde boterhammen en haar gast antwoordde dat hij alles best vond, hij wilde niemand last bezorgen.

's Middags speelde hij eerst met de baby. Die glimlachte naar hem en brabbelde vrolijk als de man zachtjes in zijn gezicht blies. Daarna vroeg hij of hij de stereo-installatie mocht aanzetten. Hij luisterde naar een cd die iemand ooit als cadeautje bij een etentje had meegebracht. Hij was nog nooit helemaal afgespeeld. De heer des huizes vond moderne muziek te vermoeiend.'

'Het interesseert me niet naar wat voor muziek die vent luistert,' zei de koning.

'Sorry,' zei de prinses. 'Zal ik doorgaan?'

'Ik weet al wat er komt. De man komt thuis en die kerel heeft zijn pak aan.' De koning knakte met zijn vingers, zoals hij altijd deed als hij zich verheugde op een knokpartij. 'Dan is hij natuurlijk pisnijdig.'

'Misschien was hij dat ook wel,' zei de prinses. 'Maar hij zei niets. Hij had sushi meegebracht, een grote schaal voor drie personen, en hij had al zijn concentratie nodig om volgens de regels van de kunst met stokjes te eten. Zijn vrouw en de bezoeker praatten intussen over muziek.'

'Waarom wordt er in je verhaal eigenlijk de hele tijd gegeten?' vroeg de koning.

'Omdat jij honger hebt,' zei de prinses.

'Nog even en je krijgt een lel,' zei de koning.

De prinses deed alsof ze niets had gehoord en ging door. 'Toen de heer des huizes 's avonds naar bed ging, trof hij daar maar één kussen aan in plaats van de gebruikelijke twee. "Anders is het voor hem zo oncomfortabel op die oude bank," zei zijn vrouw.'

'Dat zou mij een rotzorg zijn,' zei de koning.

'Dat weet ik,' zei de prinses. 'Maar jij komt in het verhaal niet voor. De volgende morgen – de gast zat al in de keuken zijn ei van vierenhalve minuut te eten – riep de echtgenoot zijn vrouw omdat hij zijn favoriete donkerblauwe streepjespak niet kon vinden. Ze had het aan de bezoeker gegeven. "Het staat hem gewoon beter," zei ze. De man moest een bruin pak aantrekken dat hij zelden droeg. Misschien kwam het door die ongewone aanblik dat de baby begon te krijsen toen hij zich over het bedje boog om afscheid te nemen.

Het was zacht weer, hoewel het al tegen de winter liep. De gast en de vrouw gingen met de kinderwagen wandelen en de mensen vonden hen een mooi stel. In het park zaten ze naast elkaar op een bank en de vreemdeling vertelde haar tot in detail hoe haar man hem op het perron had belet zelfmoord te plegen.

In de loop van het verhaal betrok het gezicht van de vrouw steeds meer. Toen hij klaar was, zei ze dat ze zoiets nooit van haar man had verwacht, dan dacht je iemand te kennen en kwam je toch steeds weer voor verrassingen te staan. Maar omdat het pijnlijke incident nu eenmaal had plaatsgevonden, mocht je ook van hem verlangen dat hij voor zijn slachtoffer zorgde. "Daar heb je recht op," zei ze.'

De koning was niet verbaasd en knikte. 'Ze tutoyeerde hem dus al.'

'Ze hadden een band gekregen,' zei de prinses.

'En 's nachts sloop ze zeker naar zijn kamer?'

'Nee,' zei de prinses, 'zo was het niet. Ze legde haar man heel nuchter uit dat ze, met het oog op wat er was gebeurd, op den duur niet van hun gast konden vergen dat hij elke nacht op een veel te kleine bank sliep. Als je iemand tegen zijn zin in het leven terughaalde en daarmee de verantwoordelijkheid voor hem op je nam, mocht je naderhand niet kleingeestig zijn, dat maakte een slechte indruk. Hij wist toch hoe graag de mensen praatten.

Haar man zag dat in en sliep vanaf dat moment in het kantoortje. Dat was de beste oplossing, en nee, het was absoluut geen probleem. Het was ook praktischer dat ze van plaats verwisselden. De grote kleerkast stond naast hun bed en waarom zou de gast telkens naar een andere kamer moeten, alleen omdat hij iets nodig had om aan te trekken? De twee pakken die nog van de heer des huizes waren, konden ook in het kantoortje hangen.

De vrouw vond de nieuwe constellatie heel aangenaam.'

'Dat kan ik me voorstellen,' zei de koning.

'Een week later zei het jongetje zijn eerste woord. Als je goed luisterde, kon je je tenminste verbeelden dat het een woord was. "Papa," zei het jongetje. Zijn vader zat op dat moment op kantoor, maar de vreemde man nam het kind op zijn arm en kuste en prees het. "Papa, papa," zei het jongetje.

"Is het geen schatje?" vroeg de vrouw.

's Avonds zat ze met haar gast voor de tv. Haar man was vroeg gaan slapen. Hij was de laatste tijd altijd erg moe en de film die ze wilden zien, had hem toch niet geïnteresseerd.

De bezoeker moest zich bij het tv-kijken inspannen. Steeds weer kneep hij zijn ogen samen. Of er iets was? vroeg de vrouw. Ze moest zich om hem geen zorgen maken, antwoordde de gast, hij zag de laatste tijd alleen niet meer zo goed, zoiets kon gebeuren als je een grote psychische schok te verwerken had. "Daar moeten we dan iets aan doen," zei de vrouw. Ze stond op en haalde de bril van haar man uit het kantoortje.'

'Die met de gekleurde rand?' vroeg de koning.

'Je let goed op,' zei de prinses. 'Ze haalde dus de bril en toen haar gast hem opzette, bleek hij precies de goede sterkte te hebben. Bovendien paste het montuur prima bij zijn gezicht.

Toen ze de film uitgekeken hadden, liep de vrouw zachtjes naar de deur van het kantoortje en deed hem op slot. Ze had er altijd al van gedroomd het een keer op het tapijt in de woonkamer te doen en haar man zou het vast onaangenaam gevonden hebben haar daarbij te betrappen.

De volgende morgen vergat ze de deur op tijd weer open te doen, waardoor haar man de metro miste en op kantoor een reprimande kreeg van zijn chef, niet alleen omdat hij te laat was, maar ook omdat het niet gebruikelijk was om in een vuile spijkerbroek en een trui met een brandgaatje op het werk te verschijnen. Hij probeerde de schade te herstellen door dubbel zo hard te werken, maar in de loop van de dag maakte hij een paar dure fouten. Zonder bril kon hij de getallen op zijn scherm niet goed lezen.'

'En hij werd ontslagen,' zei de koning.

'Deze keer heb je gelijk,' bevestigde de prinses. 'Op staande voet. Hoewel hij geen alcohol gewend was, liep hij op weg naar de metro een bar binnen. Daar dronk hij tot sluitingstijd het ene glas na het andere. Daarna ging hij naar huis. Toen hij zijn vrouw wilde vertellen wat hem was overkomen, legde ze een vinger op haar lippen en fluisterde: "Sst! De baby slaapt net."

Door de open deur van de kinderkamer kon hij in het schijnsel van het nachtlampje zien hoe de man die hij het leven had gered, zijn zoon in zijn armen wiegde en sussend tegen hem praatte. "Kiekeboe," zei de vreemde man.

De aktetas was van krokodillenleer en zou vroeg of laat toch maar gestolen worden. Daarom konden ze zijn spullen beter in een grote plastic tas doen: ondergoed, een tandenborstel en twee koude hamburgers die over waren van het avondeten.

Nadat hij vertrokken was, praatten ze niet meer over hem.'

'Erg leuk eindigt het verhaal niet,' zei de koning.

'Het is nog niet uit,' zei de prinses. 'Voorlopig huurde de man een kamer in een goedkoop hotelletje, waar meteen de eerste nacht al zijn geld werd gestolen. En omdat het daar gebruikelijk was om per dag te betalen ...'

'Natuurlijk,' zei de koning.

'... moest hij voor de volgende nacht een andere slaapplaats zoeken. Die vond hij op de binnenplaats van een bakkerij. Dat was eigenlijk geen slechte plek, maar omdat hij met dat soort dingen geen ervaring had, ging hij gewoon op de grond liggen en was hij bijna doodgevroren, terwijl vlak daarnaast een luchtkoker was, waardoor warme lucht uit de bakkerij opsteeg. In elk geval kreeg hij van de bakker, die hem 's morgens wegjoeg, een paar oudbakken broodjes, zodat hij pas tegen de avond erge honger kreeg.'

'Duurt het verhaal nog lang?' vroeg de koning. 'Ik wil de pizzakoerier bellen.'

'Het is zo uit,' zei de prinses. 'Drie dagen later besloot de man zich van kant te maken. Dus liep hij naar het dichtstbijzijnde metrostation en ging op de rand van het perron staan, helemaal aan het begin, waar de treinen nog veel vaart hebben. Hij sprong ook op het juiste moment, maar helaas hield een vreemde man hem tegen. Een leraar die op weg was naar een avondcursus, zoals ze later op tv zeiden.'

'Hoezo op tv?'

'De scène was vastgelegd door een veiligheidscamera en werd op alle zenders uitgezonden. Ook de vrouw en haar nieuwe man zagen het bericht. Hij zette de bril met de gekleurde rand af, streek met zijn hand over zijn voorhoofd en zei: "Precies zo was het bij mij. Precies zo."'

'*Quattro stagioni*,' zei de koning. 'Daar zit het meeste op.'

De tweede nacht

'Er was eens een man,' zei de prinses, 'die twee hoofden had.'

'Geef mij maar twee pikken,' zei de koning.

'Heb je die dan niet?' vroeg de prinses, die wist hoe ze haar klanten moest vleien.

'Dat lijkt maar zo,' zei de koning.

De prinses kruiste haar armen achter haar hoofd en zocht op het plafond naar die ene vochtplek die steeds weer van vorm veranderde. Soms zag hij eruit als een gepakte koffer en soms als een doodskist. Vandaag was de plek een schip, op weg naar een ver land. Een land heel ver weg.

'Een man met twee hoofden,' bracht de koning haar in herinnering. Het klonk niet eens ongeduldig. Als ze geluk had, viel hij misschien gauw in slaap.

'Al bij de echo hadden ze iets ongewoons gezien,' zei ze. 'Meteen in het begin van de zwangerschap. Een gezwel, vermoedden ze. In elk geval iets wat er niet hoorde. Daar waren ze op voorbereid. Maar toen bleken het twee hoofden te zijn, en allebei volkomen gezond. Allebei hadden ze blauwe ogen. Allebei vertrokken ze in het plotselinge licht hun gezicht. En allebei schreeuwden ze. Ze moesten het met één paar longen doen, maar ze konden heel hard schreeuwen.'

'Hoe zaten ze vast?' vroeg de koning. 'Ik bedoel, waren er twee halzen naast elkaar, of hoe zat dat?'

Over dat deel van het verhaal had de prines nog niet nagedacht en ze moest nu heel vlug praten, zodat niet te horen was dat ze improviseerde. De koning wilde waar voor zijn geld. 'De hals splitste zich op halve hoogte,' zei ze. 'Eerst was het er maar één en daarna werden het er twee.'

'Zoals in jouw badkamer dezelfde leiding het bidet en de wc van water voorziet?' vroeg de koning.

'Ja,' zei de prinses, 'zoals in mijn badkamer dezelfde leiding het bidet en de wc van water voorziet.'

'Ik had niet gedacht dat dat kon,' zei de koning. 'Met hoofden, bedoel ik.'

'Als het elke dag voorkwam, hoefde ik je het verhaal niet te vertellen.'

'Dat is ook weer waar,' zei de koning.

'Het ene hoofd,' zei de prinses, 'helde een beetje naar links en het andere naar rechts. Als ze ongecontroleerd en zonder opzet bewogen, raakten de oren elkaar. Fijne, piepkleine oortjes, zo doorzichtig dat het leek of je het bloed zag kloppen. Twee perfect gevormde oortjes, als geliefden tegen elkaar aan gevlijd.'

'Heb jij eigenlijk kinderen?' vroeg de koning.

'Dat hoort niet bij het verhaal.'

'Maar ik wil het weten,' zei de koning.

De vochtplek was een schip, onderweg naar een ver land.

'Nee,' zei de prinses, 'ik heb geen kinderen.'

'Dat is maar goed ook,' zei de koning. 'Ik kan die strepen op de buik niet uitstaan. Ga door!'

'Er werd een operatie voorbereid,' zei de prinses, 'maar ...'

'Wat voor operatie?' wilde de koning weten.

'Een van de hoofden moest natuurlijk verwijderd worden. Alleen wisten de artsen niet welk van de twee.'

'Verwijderd?' vroeg de koning. 'Je bedoelt: afgesneden?'

'Iedereen was het erover eens dat een mens niet met twee hoofden kan leven.'

De koning tikte met zijn nagels ritmisch tegen zijn tanden, zoals hij wel vaker deed als hij ergens over nadacht. De prinses zweeg, dankbaar voor de onderbreking.

De vochtplek op het plafond was toch geen schip. Het was een vogel, een grote, sterke vogel. Je kon op zijn rug gaan zitten en wegvliegen.

Na een poosje werd het getik van de nagels langzamer en ten slotte hield het helemaal op. 'Als ik een mens met twee hoofden had,' zei de koning, 'zou ik miljoenen verdienen.'

'Dat zal best,' zei de prinses.

'Vijftigduizend voor één enkele foto. Minstens. En voor een optreden op tv ...'

'Wil je het verhaal horen?' vroeg de prinses.

'Vertel!' zei de koning.

'Ze sneden dus één hoofd af,' zei ze.

'Welk hoofd? Ze leefden toch allebei?'

'Dat was juist het probleem. De artsen konden maar geen beslissing nemen. Het ene hoofd had een beetje meer haar, maar bij het andere waren de wimpers langer. Ragfijne wimpers.'

Een vogel waarmee je weg kon vliegen.

'Toen hebben ze het maar aan het toeval overgelaten,' zei de prinses.

'Waarom hebben ze het niet aan de moeder gevraagd?'

'In het verhaal komt geen moeder voor.'

'Schreeuw niet zo tegen me,' zei de koning.

'Sorry,' zei de prinses.

'Het is al goed,' zei de koning.

'Ze legden een wegwerpspuit op de operatietafel,' vertelde ze verder, 'en draaiden die rond. Toen de spuit tot stilstand kwam, wees de naald naar het linkerhoofd van de baby, en dus werd dat verwijderd.'

'Was dat het hoofd met het haar?' vroeg de koning.

'Nee, met de wimpers.'

'Het was vast een moeilijke operatie,' zei de koning.

'Dat viel mee,' zei de prinses. 'Zoiets kunnen ze tegenwoordig heel goed. Het afgesneden hoofd deden ze in een glazen pot, ze vulden die met sterk water en gaven hem aan de moeder mee naar huis.'

‘Ik dacht dat er in het verhaal geen moeder voorkwam.’

‘Ze komt ook niet voor,’ zei de prinses, ‘maar ze bestaat wel. Het jongetje herstelde heel snel van de operatie. Alleen aan de linkerkant van zijn hals bleef een litteken achter. Later, toen hij ouder was, vertelde hij op school dat hij daar door een voetbal was geraakt.

De pot met het hoofd stond altijd op zijn nachtkastje. Hij wende zich aan om het hoofd voor het slapengaan “Welterusten” en na het wakker worden “Goedemorgen” te wensen. Hij had de indruk dat het glimlachte als hij het begroette, en verdrietig keek als hij het een keer vergat.’

‘Je kunt je van alles verbeelden,’ zei de koning.

‘Dat klopt,’ zei de prinses. ‘Anders was het niet uit te houden. Er was nog iets wat de jongen opviel, of misschien – waarschijnlijk heb je gelijk – verbeeldde hij het zich maar: de pot leek steeds kleiner te worden. In het begin had het hoofd meer dan genoeg plaats, je kon de pot draaien en dan draaide het hoofd langzaam met het water mee. Maar nu zat het vast, het drukte zijn ene wang tegen de binnenkant van het glas alsof er aan de buitenkant iets te horen was. Als je vroeger vriendschappelijk tegen het glas tikte, leek het of het hoofd beleefd of zelfs dankbaar terugglimlachte. Nu kromp het telkens in elkaar alsof het de bijna-aanraking graag had ontweken.’

‘En?’ vroeg de koning. ‘Was de pot inderdaad kleiner geworden?’

‘Nee,’ zei de prinses. ‘Het hoofd was gegroeid. In dezelfde mate en hetzelfde tempo als het hoofd van de jongen bij wie het op zijn nachtkastje stond.’

‘Heb je het verhaal zelf bedacht?’ vroeg de koning.

‘Voor een deel,’ zei de prinses. ‘Het hoofd was dus gegroeid, het groeide steeds verder en ten slotte barstte de pot. Dat gebeurde midden in de nacht en de jongen werd wakker, niet van het geluid, maar omdat zijn laken opeens nat was. Het water waarin het hoofd al die jaren had gedreven, was plakkerig en de geur deed hem denken aan het scheikundelokaal van de hoogste klas, waar hij een keer naar binnen was geslopen om te laten zien dat hij dat durfde.'

'En het hoofd?'

'Dat lag naast hem in bed en zei steeds weer: "Ah, zo is het beter. Zo is het veel beter."'

'Een dood hoofd dat kan praten. Je verhaal wordt steeds interessanter.' Afhankelijk van wat de koning overdag had meegemaakt, mocht hij 's nachts graag een beetje griezelen.

'Het hoofd was niet dood,' zei de prinses. 'Het was blijven leven. En nu zijn mond en zijn neus niet meer verstopt zaten met chemische prut, begon het nog veel meer te leven. Al die jaren had het niet kunnen praten en dat haalde het nu in.'

'En het vertelde waarschijnlijk heel wijze dingen.' De koning hield ervan om het verdere verloop van haar verhalen te raden, maar hij werd boos als zijn vermoeden bleek te kloppen. Hij wilde zijn goeie geld niet uitgeven voor dingen die hij zelf ook kon verzinnen.

'Geen wijze dingen,' zei de prinses dan ook. 'Het hoofd was pas zeven en op die leeftijd heb je nog niet veel verstandigs te vertellen! Maar het was een goede waarnemer. In zijn pot had het nooit iets anders kunnen doen dan kijken en luisteren. Het kende alle schoolboeken die de jongen voor zijn huiswerk had gebruikt, het kon alle melodieën neuriën die het op zijn cd-speler had gehoord, en het kon zelfs verklappen wie van zijn vriendjes het in zijn verzameling ontbrekende voetbalplaatje van de keeper van het WK-elftal had gepikt.'

'Praktisch,' zei de koning.

'Heel praktisch,' beaamde de prinses. 'De jongen en zijn tweede hoofd waren het er snel over eens dat ze niemand iets over de pas verworven vertrouwelijkheid zouden vertellen. De jongen was bang dat ze hem het hoofd dan zouden afpakken. Bovendien heb je op die leeftijd graag geheimen.'

'En merkte niemand dat het hoofd niet meer in de pot zat?'

vroeg de koning. 'Zelfs de moeder van de jongen niet?'

'Er komt geen moeder in het verhaal voor,' zei de prinses.

'Oké, oké,' zei de koning. 'Daarom hoef je me nog niet zo af te blaffen.'

'Sorry,' zei de prinses.

'Het is al goed,' zei de koning.

'De jongen en zijn tweede hoofd,' ging ze door, 'werden goede vrienden. Ze wisten alles van elkaar en vertrouwden elkaar dingen toe waarover je met niemand anders praat. Toen de jongen ouder werd en zijn lichaam begon te veranderen, vertelde hij het hoofd hoe dat voelde. Op zijn beurt beschreef het hoofd hoe moeilijk het was om helemaal geen lichaam te hebben.'

'Toen ik voor het eerst met een vrouw neukte,' zei de koning, 'was ik pas twaalf.'

De vochtplek op het plafond was nu een kanon waarmee je alles kapot kon schieten.

'Ze wilde niet,' zei de koning. 'Maar ik was sterker dan zij.'

Helemaal kapot.

'Waarom vertel je niet verder?' vroeg de koning.

'Als de jongen uit school kwam,' zei de prinses, 'moest hij altijd als eerste vertellen wat hij die dag allemaal had meegemaakt, zonder ook maar iets weg te laten. Het hoofd wilde elk detail weten, van de intonatie van een stem tot en met de kleur van een trui. Zelfs het beleg van de boterhammen voor in de pauze liet het zich elke dag beschrijven en het kon tien keer doorvragen als het vond dat de smaak van gerookte ham of smeerkaas niet precies genoeg was weergegeven. "Ik kan het zelf immers niet proeven," zei het hoofd, dat ontzettend nieuwsgierig was.'

'Behoorlijk lastig,' zei de koning.

'Ze waren vrienden,' zei de prinses.

'Dat bedoel ik,' zei de koning. 'Behoorlijk lastig.'

'Zo ging het een tijdje door,' zei de prinses. 'De jongen maakte de dingen mee en het hoofd kreeg ze te horen. Maar op een gegeven moment had het niet meer genoeg aan de verhalen uit de tweede hand. “Ik wil er zelf bij zijn,” zei het hoofd. “Kun je me niet meenemen? Eén dag maar?”

Dat ging natuurlijk niet. Je kunt geen hoofd mee naar school nemen en op je tafel zetten. Of met gym aan het wandrek hangen. En hoe moest dat op het schoolplein? In de pauzes wilde het hoofd er per se bij zijn, want de jongen had verteld dat ze dan naar de meisjes keken. Ondanks alle beschrijvingen kon het zich meisjes gewoon niet goed voorstellen.’

‘En wat deden ze toen?’ vroeg de koning.

‘De jongen stopte met voetballen en werd lid van een bowlingclub.’

‘Ben je bezopen?’ vroeg de koning.

‘Niet meer dan nodig,’ zei de prinses.

‘Wat heeft bowling hier nou mee te maken?’

‘De jongen had dan een excuus om een tas aan te schaffen zoals je die bij die sport gebruikt om altijd je eigen bal bij je te hebben. Alleen zat er geen bal in. Hij had twee kijkgaatjes in de stof gemaakt, zodat het hoofd nu voor het eerst ook de dingen kon meemaken die buiten zijn kamer gebeurden. Tijdens de lessen stond het onder de tafel, bij computerspelletjes lag het naast de monitor en het was er zelfs bij toen de jongen voor het eerst met een meisje naar bed ging.’

‘Stoorde dat de jongen niet?’ vroeg de koning.

‘Daar was hij veel te dankbaar voor. Zelf had hij namelijk gedacht dat het meisje niets van hem wilde weten, maar zo’n hoofd heeft veel tijd om te luisteren en na te denken, en daarom had het uit haar manier van praten opgemaakt dat haar nee helemaal geen nee betekende.’

‘Tegen mij heeft nog nooit een meisje nee gezegd,’ zei de koning.

‘Vast niet,’ zei de prinses.

‘Of ze heeft er spijt van gekregen,’ zei de koning.

De vochtplek was nu een wolk. Een donkere wolk. Als je maar

lang genoeg wachtte, barstte de storm vanzelf een keer los.

'Ga door,' zei de koning.

'Een paar jaar waren ze onafscheidelijk,' zei de prinses. 'Totdat de jongen – alleen was hij toen al geen jongen meer, maar een jongeman – de tas met het hoofd per ongeluk in een bar liet staan. Hij vergat hem gewoon.'

'Waardoor?' vroeg de koning.

'Wat dacht je?' zei de prinses.

'Een meisje,' zei de koning.

'Een vrouw,' zei de prinses. '"Zij ziet je wel zitten," had het hoofd hem toegefluisterd, en zoals altijd had het gelijk. Het was een van die vrouwen die bij de geslachtsdaad schreeuwen ...'

'Daar hou ik niet van,' zei de koning. 'Het leidt me af.'

'... en de jongeman vroeg zich automatisch af wat het hoofd daar wel van zou zeggen. Op dat moment schoot hem te binnen dat hij de bowlingtas had laten staan. Het liefst was hij meteen weggerend om hem te halen, maar dat was in die situatie niet goed mogelijk.'

'Hij zat vast,' zei de koning en hij stikte haast van het lachen. 'Hij zat vast. Vat je hem?'

'Ja,' zei de prinses.

'Waarom lach je dan niet?'

'Ik dacht dat je het verhaal wilde horen.'

'Jij hebt geen gevoel voor humor,' zei de koning. 'Dat is je probleem.'

'Dat zal best,' zei de prinses.

'Ga door,' zei de koning.

'Toen hij eindelijk bij de bar aankwam, was die al dicht. De volgende dag was hij er zo vroeg dat hij alleen de schoonmaakster aantrof, die niets van een bowlingtas wist. En ook toen later het personeel binnendruppelde, kon niemand zich herinneren zo'n tas gezien te hebben. Ten slotte zat er niets anders op dan bij het bureau voor gevonden voorwerpen te informeren, hoewel hij daar erg bang voor was.'

‘Bang voor het bureau voor gevonden voorwerpen?’ vroeg de koning. ‘Hoe dat zo?’

‘Als de tas daar was geweest, hadden ze hem vast opengemaakt en allerlei onaangename vragen gesteld. Maar er stond geen bowlingtas op de lijst. Er bleef maar één mogelijkheid over: iemand had hem gestolen.’

‘Die zal raar opgekeken hebben toen hij hem openmaakte.’ De koning lachte hoestend. ‘Als ik me voorstel hoe hij de gevonden bal wil uitproberen ...’

‘Misschien,’ zei de prinses. ‘Maar misschien was het ook heel anders. We weten het niet. Het hoofd wilde er niets over vertellen.’

‘Ik dacht dat het hoofd verdwenen was.’

‘Ongeveer een week later stond de tas opeens voor de deur van het huis waar de man woonde. Hij stond daar gewoon op de grond. De man vond hem, rende de trap op, sloot zich op in zijn woning, haalde het hoofd tevoorschijn en vroeg: “Waar heb je gezeten?”

En het hoofd antwoordde: “Dat gaat je geen donder aan.”

De jongeman kon zijn oren niet geloven. Al die jaren waren ze de beste maatjes geweest. Ze hadden elkaar alles verteld, nooit geheimen voor elkaar gehad. En nu er zoiets uitzonderlijks was gebeurd ...’

‘Wat was er dan gebeurd?’ vroeg de koning ongeduldig.

‘Ik weet het niet,’ zei de prinses. ‘Het hoofd heeft nooit over zijn belevenissen gepraat.’

‘Je zou iets kunnen bedenken,’ zei de koning. ‘Heeft die jongen er dan niet naar gevraagd?’

‘Telkens weer,’ zei de prinses. ‘Hij kon niet geloven dat het hoofd hem iets niet wilde vertellen. Hij bleef maar vragen. Maar het hoofd kneep alleen zijn ogen stijf dicht – dat was zijn manier om iets te weigeren, het kon zich tenslotte niet zelf schudden – en zei: “Ik wil ook weleens iets voor me houden.”

“Ik heb je altijd alles verteld,” zei de jongeman verwijtend.

“Je hebt me laten staan,” zei het hoofd. “In een bar.”

“Dat was toch per ongeluk.”

“Dat kan best,” zei het hoofd. “En ik ben per ongeluk vergeten wat er de afgelopen week is gebeurd.” Het hoofd zei het bitter en sarcastisch, wat nooit zijn gewoonte was geweest. Sinds de dag dat zijn pot was gebarsten, was het altijd verstandig en zakelijk geweest, maar nu hield het voet bij stuk en liet het zich niet door argumenten of excuses tot andere gedachten brengen. Het gaf zelfs niet toe toen de jongeman begon te smeken.’

‘Smeken?’ zei de koning smalend. ‘Wat een watje. Ik zou het eruit geranseld hebben.’

‘Jij waarschijnlijk wel,’ zei de prinses. ‘Maar dat was niets voor de jongeman. Hij kon er alleen niet goed tegen dat het hoofd niet meer met hem wilde praten, en toen hij op zijn “Welterusten” geen antwoord kreeg, kon hij niet in slaap komen. Ook het hoofd, dat weer op zijn oude vertrouwde plaats op het nachtkastje stond, deed geen oog dicht, maar dat had het vroeger ook nooit gedaan.’

‘Ik slaap soms ook slecht,’ zei de koning.

‘Dat weet ik,’ zei de prinses.

‘Maar bij mij komt het omdat ik te veel energie heb.’

‘Dat zal het zijn,’ zei de prinses. ‘De volgende morgen wilde het hoofd niet in zijn tas gestopt en meegenomen worden. “Ik wil ook weleens alleen zijn,” zei het. “We zien elkaar vanavond.”

“Verveel je je dan niet?” vroeg de jongeman.

“Ik bedenk wel iets,” zei het hoofd.

Terwijl de jongeman op kantoor aan zijn bureau zat, had hij de hele tijd jeuk aan het litteken in zijn hals. Het was geen echte pijn, maar het irriteerde hem toch zo dat hij er steeds weer met zijn handen aan zat. Op weg naar huis kocht hij bij een Vietnamese snackbar een portie vis met een onaangenaam ruikende saus, waarvan hij al bij voorbaat wist dat hij die niet lekker zou vinden. Hij wilde alleen het hoofd een plezier doen met de beschrijving van een ongewone smaak. Maar het hoofd luisterde nauwelijks en zei alleen dat hij voor hem geen moeite hoefde te doen.

“Wil je weten wat er vandaag op de zaak is gebeurd?” vroeg de jongeman.

“Nee,” zei het hoofd, “dat interesseert me niet.”’

‘Wat was er dan gebeurd?’

‘Niets,’ zei de prinses. ‘Hij wilde alleen een praatje maken.’

‘Wat een eikel,’ zei de koning smalend.

‘De volgende dag deed het litteken echt pijn, een brandende pijn als van een snijwond. Maar in de spiegel in het personeelstoilet was niets opvallends te zien. ’s Avonds was het hoofd nog steeds zwijgzaam en reageerde het op alles wat de jongeman zei alleen met koele beleefdheid. Op de derde dag ...’

‘Wat is er eigenlijk met de moeder gebeurd?’ viel de koning haar in de rede. ‘Is die intussen gestorven?’

‘In het verhaal komt geen moeder voor.’

‘Jij windt je altijd meteen zo op,’ zei de koning.

‘Sorry,’ zei de prinses. Ze zocht op het plafond van de kamer naar haar vochtplek, maar kon hem niet vinden.

‘Het is al goed,’ zei de koning.

‘Op de derde dag was de pijn niet meer te harden, maar in de spiegel was nog steeds niets te zien. Het litteken zag niet eens rood. “Denk je dat ik naar de dokter moet?” vroeg de jongeman toen hij ’s avonds thuiskwam.

“Dat is niet nodig,” antwoordde het hoofd. “Morgen is het over.”

En inderdaad: toen de jongeman de volgende morgen wakker werd, was de pijn verdwenen. Hij voelde zich zelfs merkwaardig licht. Pas toen hij wilde opstaan, merkte hij dat er nog steeds iets niet in orde was. Zijn spieren wilden hem gewoon niet gehoorzamen. Hij was als verlamd.

“Daar zul je aan moeten wennen,” zei het hoofd.

De stem kwam van een ongewone kant. De jongeman wilde zich omdraaien, maar dat ging niet. “Ik kan me niet bewegen,” zei hij geschrokken.

“Natuurlijk niet,” zei het hoofd.

En toen kwamen er twee handen, die hem links en rechts bij zijn slapen pakten en optilden. Ze tilden hem gewoon op en zetten hem op het nachtkastje.

Vandaar kon hij de kamer overzien. De filmposter aan de muur. De slordig over een stoel gegooide kleren. Het bed. En in het bed lag ...'

De prinses pauzeerde even.

'Wat lag er in het bed?' vroeg de koning ongeduldig.

'Hijzelf,' zei de prinses. 'Of in elk geval zijn lichaam. Het sterke lichaam van een jongeman. Met een klein litteken aan de rechterkant van zijn hals.'

'Aan de linkerkant,' zei de koning, die op zulke details lette.

'Nee,' zei de prinses, 'aan de rechterkant. Maar dat viel hem pas later op. Nu was er iets anders waar hij veel te erg van schrok. Het lichaam had een hoofd en dat hoofd knikte naar hem en zei: "Het is leuk om een lichaam te hebben."'

'Dat was ...?'

'Ja,' zei de prinses. 'Ze hadden van plaats geruild. Nu zat de jongeman op het nachtkastje vast en het hoofd rekte in bed zijn lichaam uit. Toen het wilde opstaan, viel het bijna op de grond. Zo'n lichaam is niet makkelijk te sturen als je dat niet gewend bent. Maar het hoofd leerde snel.'

'En de man?'

'Die wachtte elke dag op het nachtkastje en hoopte dat zijn hoofd hem iets interessants te vertellen zou hebben. En dat het hem misschien een keer mee zou nemen, in zijn bowlingtas.'

De vochtplek op het plafond was een vlek. Verder niets.

'Eén ding zou ik graag weten,' zei de koning. 'Wat zou het hoofd meegemaakt hebben in de week dat het verdwenen was?'

De derde nacht

Op de borst van de koning hing een gouden ketting met een kruis. Hij had de buitenste randen van het kruis geslepen, en bij vechtpartijen wikkelde hij de ketting om zijn hand en haalde hij met het kruis het gezicht van zijn tegenstanders open. Verder deed hij het nooit af en hij hield het ook om als hij in bed de prinses beklom. Ze had zich er ook vandaag weer aan gesneden, maar niet geklaagd, want anders had de koning zich alleen nog maar vaster tegen haar aan gedrukt. Dat was zo zijn manier van doen.

Eindelijk rolde hij zwetend terug naar zijn kant van het bed. 'Nu kun je me een verhaal vertellen.'

'Er was eens ...' begon de prinses, maar de koning viel haar meteen weer in de rede. 'Je bloedt,' zei hij.

'Ja,' zei de prinses.

'Doet er ook niet toe,' zei de koning.

Buiten stoof met loeiende sirene een politieauto voorbij. De koning tilde even zijn hoofd op en liet het toen weer in het kussen zakken. 'Vertel!' zei hij.

De prinses bekeek de vetrollen op zijn buik en het grijze haar op zijn borst. Het kruis leek wel op watten te liggen.

'Er was eens een koopman in Milaan,' begon ze, 'die in zijn kelder een ijzeren kist vol menselijke botten had.'

'Wordt dit wel een leuk verhaal?' vroeg de koning argwanend.

'Heel leuk,' zei de prinses.

'Botten ...' zei de koning. 'Wist je dat je bij een mens elk bot in zijn lichaam met je blote handen kunt breken? Je moet het alleen goed raken.'

'Dat lijkt me heel goed mogelijk,' zei de prinses en ze ging door. 'Ook de botten in de kist van de koopman waren voor het merendeel gebroken, een paar met geweld, andere gewoon van ouderdom. Het waren botten van heiligen.'

'Heiligen bestaan niet,' zei de koning.

'Er zijn mensen die erin geloven. Voor de business maakt dat geen verschil.'

'Jij bent niet dom,' zei de koning.

'De koopman had zich toegelegd op de handel in relikwieën. Als ze ergens in een kerk of een klooster of gewoon in een stad een nieuwe attractie nodig hadden, kwamen ze bij hem. Uit de voorraden in zijn kist kon hij op bestelling een hele schedel van de heilige Archibald leveren. Bij geringere financiële draagkracht ook alleen een hand van de heilige Balthasar, een kuitbeen van de heilige Chrysostomus of een wijsvinger van de heilige Dorothea.'

'Valt daar geld mee te verdienen?' vroeg de koning geïnteresseerd.

'Viel,' verbeterde de prinses hem. 'Het verhaal speelt zich een paar honderd jaar geleden af.'

'O,' zei de koning en hij klonk een beetje teleurgesteld.

'Het was een lucratief zaakje, want heiligen zijn zeldzaam en wie de mensen met een indrukwekkende relikwie wil lokken, moet diep in de buidel tasten. De koopman was er in elk geval rijk van geworden, vooral omdat hij het monopolie had. Of bijna het monopolie. Natuurlijk waren er nog steeds een paar concurrenten op de markt, maar die hadden in hun catalogi niet veel meer te bieden dan een haarlok van de heilige Eusebia of een teennagel van de heilige Franciscus.'

'Wat walgelijk,' zei de koning. 'Wie koopt er nu teennagels?'

'Iedereen die dringend een wonder nodig heeft.'

'Kunnen teennagels dan wonderen verrichten?'

'Zolang iemand erin gelooft.'

De koning lachte zijn onaangename lachje, het klonk bijna alsof hij hoestte. 'Het schijnt inderdaad een leuk verhaal te worden,' zei hij.

'Omdat er in die tijd veel gelovige mensen waren,' vervolgde de prinses, 'was de koopman rijk geworden. Niet zo rijk als een hertog of een kardinaal, maar toch zo dat hij soms echt moest nadenken waar hij zijn geld nog aan uit kon geven. Wie veel geld heeft, wil steeds meer ...'

'Natuurlijk,' zei de koning.

'... en toen op een dag in Milaan het nieuws de ronde deéd dat ergens in Campanië het complete skelet van de heilige Gregorius was ontdekt, stond het voor hem buiten kijf dat hij en niemand anders daar zaken mee moest doen.'

'Was die Gregorius dan zo bijzonder?'

'Misschien heette hij ook anders,' zei de prinses. 'Dat is voor het verhaal niet belangrijk. In elk geval ging het om een compleet skelet en een prominente heilige, wat zelden samengaat.'

'Skeletten zijn er zat,' zei de koning. 'In ieder mens zit er een. Bij heiligen weet ik dat zo net nog niet.' Alweer lachte en hoestte hij tegelijk. Vandaag was hij echt in een goede bui.

'Een schaapherder had het skelet gevonden. Een engel had hem in zijn droom de juiste plek gewezen en na het wakker worden was hij er meteen naartoe gegaan om het op te graven.'

'Sprookjes!' zei de koning schamper.

'Verhalen,' zei de prinses.

'Een schaapherder, aan wie in zijn droom engelen verschijnen. Dan moet je wel bezopen zijn.'

'Misschien had hij ook alleen de verweerde botten van een gehangene gevonden. Of er was in die afgelegen streek ooit iemand verdwaald en verhongerd. Of opgevreten door een wolf. Daar ging het ook helemaal niet om.'

'Waar dan wel om?'

'Dat de mensen het verhaal geloofden. Zolang ze er de heilige

Gregorius in zagen, was het skelet een relikwie. En dus waardevol.'

'Ik heb eens iemand gekend,' zei de koning, 'die in ecstasypillen dealde en voor de verpakking meer geld uitgaf dan voor de productie. Om te zorgen dat het spul eruitzag als goede stuff. Dat is net zoiets, waar of niet?'

'Ongeveer,' zei de prinses. 'De koopman over wie ik je heb verteld ... Herinner je je de koopman nog?'

'Ik vergeet nooit iets,' zei de koning.

'De koopman besloot dat hij de heilige Gregorius in zijn collectie moest hebben. Tegen elke prijs. Wie een monopolie heeft, moet dat verdedigen. En hij rekende erop dat je zo'n uniek stuk, hoeveel je er ook voor betaalde, uiteindelijk altijd met winst kon doorverkopen. Dus begon hij, slechts vergezeld van één bediende, aan de lange reis van Milaan naar Campanië, wat in die tijd een hele onderneming was. Maar hij kon zich een goed paard veroorloven en in de herbergen onderweg liet hij zich het beste eten voorzetten. Vlak voor hij zijn doel bereikte, stapte hij af en ging verkleed als bedelmonnik te voet verder.'

'Waarom dat?'

'Als hij de schaapherder de heilige voor weinig geld wilde aftroggelen, was het niet verstandig om als rijk man bij hem aan te komen.'

'Logisch,' zei de koning. 'Zou ik ook niet gedaan hebben.'

'Hij had een slim plan bedacht. Hij wilde de herder vertellen dat er ook aan hem in zijn droom een engel des Heren was verschenen en dat die hem had bevolen het heilige gebeente op te halen en er een kapel voor te bouwen. Op die manier dacht hij de kostbare botten misschien zelfs gratis in zijn bezit te krijgen.'

'Waarom zou de herder daarin trappen?' vroeg de koning.

'Wie in de ene engel gelooft, gelooft ook in de andere. Maar de vermomming bleek overbodig. Een andere zakenman was hem voor geweest en had het skelet al van de schaapherder gekocht. Voor vijf schapen of een nieuwe mantel of weet ik veel. Doet er ook niet toe. In elk geval had hij het gebeente gekregen en in tegenstelling tot de naïeve herder wist hij wat zo'n heilige Gregorius waard was en hoe je die waarde te gelde kon maken. Toen de bottenhandelaar bij hem aankwam, had hij al een speciale kar voor het skelet laten bouwen.'

'Hoezo een kar?' vroeg de koning.

'Om met het skelet van de ene plaats naar de andere te trekken. Hij was van plan voor alle kerken te stoppen en zijn heilige tegen betaling te laten aanbidden. Hij wachtte alleen nog tot de letterschilder klaar was met het reclameaffiche.'

'Een paar honderd jaar geleden had je nog geen affiches,' protesteerde de koning.

'Wel waar,' zei de prinses. 'Ze werden alleen anders genoemd. Wie geld wilde verdienen, moest altijd al reclame maken. Hij had dus een paneel besteld en precies aangegeven wat er in de verschillende scènes te zien moest zijn. Eerst de levensgeschiedenis van de heilige Gregorius met al zijn bekende wonderdaden en nog een paar pas bedachte erbij, dan zijn marteldood en tot slot de schaapherder met de engel.'

'Marteldood ...' zei de koning peinzend, want zulke dingen interesseerden hem zeg maar beroepshalve. 'Hoe hebben ze hem dan vermoord?'

'Ik zou het niet weten.' De prinses voelde aan haar ribben, vlak onder haar linkerborst, waar nog steeds een paar bloeddruppels uit de snijwond kwamen. 'Voor mijn part met speren.'

'Wat saai,' zei de koning.

'Of voor de leeuwen geworpen.'

'En waar hadden ze die leeuwen vandaan gehaald? Op het Italiaanse platteland?'

'Laten we dan zeggen dat ze hem op een bank hebben vastgebonden, zijn voetzolen met zout hebben ingewreven en er een schaap net zo lang aan hebben laten likken tot hij zich had doodgelachen.'

'Zo mag ik het horen,' zei de koning en hij lachte hoestend.

'Dat was ook de reden waarom hij de beschermheilige van alle schaapherders was.'

'Niet zo'n kapitaalkrachtige klantenkring.'

'En van alle rouwenden die het lachen hebben verleerd.'

'Dat is beter,' zei de koning. 'Daar zijn er altijd genoeg van.'

'De koopman probeerde het skelet van de nieuwe eigenaar te kopen en bood er ook veel geld voor. Maar hij was zo stom om te laten merken dat hij erg in het handeltje geïnteresseerd was ...'

'Een dilettant,' zei de koning schamper.

'... en dus vroeg de ander een prijs die boven alle redelijkheid uitging of in elk geval ver boven het bedrag dat de koopman had willen investeren. Maar omdat een onvolledig monopolie geen monopolie is ...'

'Precies,' zei de koning.

'... moest hij uiteindelijk de gevraagde prijs betalen en zich daar, hoewel hij een welgesteld man was, bij de Lombardische geldschieters diep voor in de schulden steken.'

'Dat kan gebeuren,' zei de koning en hij knikte bij de herinnering aan iets. 'Hoeveel rente vroegen ze per maand?'

'Is dat belangrijk?' vroeg de prinses.

'Ik heb graag dat de zaken in orde zijn.'

'Veertien procent,' zei de prinses. Ze wist dat de koning in de regel vijftien procent rekende.

'Dan is hij er nog goed van afgekomen.'

'Dat dacht de koopman ook. Hij zou ook zestien procent betaald hebben of, als het moest, zelfs achttien procent. Dat was het monopolie op de relikwieënmarkt hem waard. Nu kon hij zijn klanten niet alleen de schedel van de heilige Archibald, de hand van de heilige Balthasar of het kuitbeen van de heilige Chromatius ...'

'Daarnet noemde je een andere naam,' viel de koning haar in de rede.

'Voor het verhaal is dat niet belangrijk.'

'Maar toch,' zei de koning dreigend. 'Ik kan het niet uitstaan als iemand me belazert.'

Buiten kwam alweer een politieauto langs.

'Het kuitbeen van de heilige Dinges. Chromatius. Cervatius. Chrysostomus.'

'Die was het,' zei de koning tevreden.

'Je let goed op,' zei de prinses.

'Dat moet ook,' zei de koning.

'De koopman kon nu in zijn catalogus een complete heilige Gregorius aanbieden en omdat hij zich had voorgenomen er flink aan te verdienen, vertelde hij overal dat hij er niet over piekerde het kostbare gebeente te verkopen. Hij wilde het liever zelf houden, opgeborgen in de zware kist, om het alleen in de beslotenheid van zijn eigen huis af en toe tevoorschijn te halen en het helemaal in z'n eentje te aanbidden.'

'Was hij dan vroom?' vroeg de koning.

'Nee,' zei de prinses. 'Hij was slim. Hij schreef al zijn klanten dat hij ook verder niets meer van zijn schatten wilde afstaan, zelfs de wijsvinger van de heilige Dorothea niet. Wat natuurlijk tot gevolg had ...'

'... dat de prijzen stegen. Mijn collega, die van de ecstasypillen, handelt ook in heroïne, en als het aanbod te groot is, brengt hij gewoon een paar weken niets op de markt.'

'Die koopman deed precies hetzelfde,' zei de prinses. 'Omdat hij nu de enige was met een aanzienlijke voorraad botten die het waard waren aanbeden te worden, schoten de prijzen op de relikwieënmarkt na zijn bekendmaking omhoog, en elke maand als hij de Lombardische geldschieters hun rente betaalde, rekende hij zichzelf tevreden voor dat hij alleen al door de waardestijging van zijn magazijn een veelvoud van het bedrag had verdiend.'

'Je moet kunnen rekenen.' De koning knikte. Omdat hij op zijn rug lag, klapte zijn onderkin dubbel en weer uit elkaar.

'Alle kloosters en kerken die nog niet over een eigen martelaar beschikten en daarom de concurrentie om lucratieve pelgrims niet konden bijbenen, schreven hem brieven met een steeds hoger bod. Sommige stuurden eigen delegaties, wat vooral voor die aan de andere kant van de Alpen een hele onderneming was. Een belangrijke abt kwam zelfs persoonlijk, hoewel de regel van zijn orde hem eigenlijk verbood de muren van het klooster te verlaten. Hij werd vergezeld door een troep speciaal ingehuurde soldaten om de meegebrachte kist vol dukaten te bewaken. Hij hoopte de koopman met de glans van het pasgeslagen goud te kunnen overtuigen.'

'Met poen kun je alles doen,' zei de koning.

'Precies,' zei de prinses.

'Iedereen wil geld hebben. Ik ken dat. Jij bent de enige die uit pure liefde bij me blijft.'

'Zo is het,' zei de prinses, die wist wat er van haar werd verwacht.

De koning zocht zijn portefeuille, maar kon de broek waarin die zat niet meteen vinden. 'Help me herinneren dat ik je straks iets geef,' zei hij. 'Nu wil ik horen hoe het verhaal verdergaat. Heeft hij die rijke abt iets verkocht?'

'Nee,' zei de prinses. 'Hoewel die hem het hele bedrag waarmee hij eigenlijk de heilige Gregorius had willen kopen, na een paar dagen al aanbood voor de schedel van de heilige Archibald. Een week later zelfs alleen voor de hand van de heilige Balthasar. En nog een week later voor het kuitbeen van de heilige ...'

'Chrysostomus,' zei de koning toen de prinses aarzelde.

'Ik was het niet vergeten,' zei ze vlug. 'Ik wilde alleen zien of jij het nog wist.'

'Ik heb een goed geheugen,' zei de koning. 'Een heel goed geheugen,' herhaalde hij en uit zijn mond klonk dat niet opschepperig, maar dreigend.

'Toen hij ten slotte de hele kist vol dukaten alleen voor de wijsvinger van de heilige Dorothea aangeboden kreeg, vond de koopman het tijd om zijn slag te slaan. Hij sloot zich met de abt op in zijn kantoor en liet hem zweren dat hij drie maanden lang niemand iets over de transactie zou vertellen.'

'Waarom dat?' vroeg de koning.

'Om de prijzen op peil te houden. In die tussentijd wilde hij namelijk zijn hele voorraad verkopen en als schatrijk man met pensioen gaan.'

'Dat neem ik me ook steeds weer voor,' zei de koning. 'Maar er komt telkens iets tussen.'

'Ze spraken dus af voor de volgende nacht, waarin onder dekking van de duisternis heel discreet de overdracht zou plaatsvinden. Boter bij de vis. Maar uitgerekend die dag kwam er uit Rome een bericht dat zijn hele handeltje zou verpesten. Daar waren namelijk een tijdje geleden de catacomben herontdekt en ...'

'Wat zijn catacomben?' vroeg de koning.

'Onderaardse graven uit vroeger tijden. Met duizenden schedels en beenderen.'

'Allemaal heiligen?'

'Oorspronkelijk niet,' zei de prinses. 'Maar nu had de paus besloten dat ze het zouden worden.'

'Kun je dat zomaar besluiten?' vroeg de koning.

'Als je paus bent wel. En als je geld nodig hebt. Daarom stuurde hij een kardinaal met een delegatie naar de onderaardse gangen en die gaf uit hoofde van zijn functie elk hoopje botten een naam. "Dat is vanaf nu de heilige Hippolytus," zei hij, "dit de heilige Immaculata, dat de heilige Jacobus, dat de heilige Constance ..." enzovoorts enzovoorts. Een van zijn priesters schreef de naam op, een tweede waaierde een beetje wijwater over de beenderen en zo konden ze er telkens weer een op de kerkelijke kalender bijschrijven.'

'Maar die heiligen hadden toch helemaal geen verhaal,' zei de koning heel teleurgesteld.

'Verhalen kun je verzinnen,' zei de prinses. 'Bij elke nieuwe relikwie werd er een geleverd. Dat was bij de prijs inbegrepen. Waarbij algauw bleek dat de martelaarsverhalen met de wreedste dood het bij de klanten het beste deden. Die brachten ook het meeste op.'

'Dat is duidelijk,' zei de koning ongeduldig. 'Maar die nieuwe heiligen waren toch nep.'

'Ze hadden allemaal een certificaat met het pauselijk zegel.'

'Maar toch,' zei de koning. 'Ze konden geen wonderen verrichten.'

'Waarom niet? Zolang de mensen erin geloofden ...'

'Ik vind het een verhaal van niks,' zei de koning kribbig. 'Maar maak het toch maar af.'

Voor het raam loeide alweer de sirene van een politieauto.

'Omdat het aanbod aan beschermheiligen in alle prijsklassen plotseling zo groot was,' zei de prinses, 'werd het artikel snel goedkoper. Een regelrechte prijsval. De abt met de kist dukaten kreeg bijvoorbeeld voor de helft van zijn geld maar liefst vijf complete heiligen. Eén voor het hoofdaltaar en vier voor de zijkapellen. Voor de heilige Gregorius had hij geen belangstelling meer, hoewel de koopman hem die ten slotte voor de helft van de prijs aanbood. Met de schedel van de heilige Archibald als toegift. De wijsvinger van de heilige Dorothea was helemaal niets meer waard. Zoiets verstuurde het Vaticaan nu samen met zijn eigen catalogus als monster.'

'De koopman bleef dus met zijn kist vol botten zitten?'

'Dat niet alleen,' zei de prinses, 'hij kon ook de Lombardische geldschieters niet afbetalen. En die wilden het hele bedrag onmiddellijk terug hebben, niet alleen de maandelijkse rente. Tenslotte waren de relikwieën die als onderpand voor het krediet hadden gediend, nu bijna niets meer waard.'

'Ja, ja,' zei de koning ongeduldig, 'de koopman ging dus failliet en jij wilt dat ik daarom lach. Maar ik moet niet lachen. Het kon gewoon niet anders aflopen. Je hebt me wel betere verhalen verteld. Je moet echt meer moeite doen.' Nijdig grommend wilde hij al op zijn slaapzijde gaan liggen, maar de prinses was nog niet klaar met haar verhaal.

'Het faillissement was niet het ergste,' zei ze. 'Bij lange na niet.'

Nu luisterde de koning weer.

'De Lombardische geldschieters geloofden namelijk niet dat hij geen geld meer had. Ze waren ervan overtuigd dat hij het ergens had verstopt. En om hem aan het praten te krijgen ...'

'Ik weet het al!' De koning speelde opgewonden met het kruis aan de gouden ketting. 'Ze hebben hem ...'

'Gemarteld,' bevestigde de prinses.

'Nogal logisch,' zei de koning. 'Maar hoe?'

'Eerst sneden ze een van zijn vingers af. En toen hij alleen maar schreeuwde en niet met geld op de proppen kwam, een tweede. En daarna een derde.'

'En had hij echt geen geld meer?'

'Nee,' zei de prinses, 'hij had alles in de heilige Gregorius gestoken. Maar dat geloofden ze niet. Ook niet toen op een dag alle tien zijn vingers voor hem op tafel lagen.'

'Leuk!' zei de koning. 'Alleen: is hij niet flauwgevallen? Dat komt vaak voor en kost altijd zeeën van tijd.'

'Het is een paar keer gebeurd,' zei de prinses. 'Maar ze hadden zo hun methoden om hem vlug weer bij te brengen.'

'Professionals,' zei de koning.

'Zakenlui,' zei de prinses. 'Ze dachten dat hij op een gegeven moment toch nog zou vertellen waar hij zijn geld had verstopt. Maar toen ze ook allebei zijn oren hadden afgesneden en net aan zijn neus wilden beginnen, viel hij plotseling dood neer. Hartinfarct.'

'Ja,' zei de koning, 'dat kan gebeuren. Al doe je nog zo je best.'

'Eerst wilden ze zijn lijk gewoon in de rivier gooien,' zei de prinses. Ze praatte nu een beetje vlugger, zoals ze tegen het eind van een verhaal wel vaker deed. 'Maar toen had een van hen een beter idee.'

'En dat was?' vroeg de koning.

'Ze hebben hem gekookt,' zei de prinses.
'Wat is dat nou weer?' zei de koning en hij vertrok zijn gezicht. 'Je bederft mijn eetlust. Straks ga je me nog vertellen dat ze hem met laurier en peper hebben gekruid en daarna hebben opgediend.'
'Dat was niet nodig,' zei de prinses terwijl ze met haar nachthemd de wond onder haar borst depte. 'Ze wilden alleen het vlees van de botten halen. Om vervolgens het skelet te verkopen.'
'Aan wie?'
'Aan een of andere Zuid-Duitse burgemeester, die naar Milaan was gekomen om voor zijn stad een ongewone beschermheilige te kopen. Ze vingen er weliswaar minder voor dan de koopman hun schuldig was, maar toch nog een heel behoorlijk bedrag. Omdat de burgemeester het verhaal zo goed vond dat bij de heilige Lambartius hoorde.'
'Bij de heilige wat?'
'Dat was de naam die ze voor hem hadden bedacht. Dat verhaal ging zo: Omdat hij zijn geloof niet wilde afzweren, sneden de boosaardige heidenen zijn vingers af. Een voor een. Maar ook toen er van zijn handen niet meer dan bloederige stompjes over waren, sloeg hij nog steeds een kruis. En zegenend en gezegend stierf hij.'
'Mooi,' zei de koning. 'Heel mooi.'
'En nog steeds maken de mensen in die stad een bedevaart naar een schrijn waarin de resten liggen van een man die al zijn vingers mist.'
De koning rolde grommend op zijn zij en kreeg met enige moeite zijn broek te pakken, die voor het bed op de grond lag. Hij haalde zijn portefeuille tevoorschijn en viste er een niet al te groot bankbiljet uit. Toen hij het aan de prinses wilde geven, schrok hij opeens terug. 'Je bloedt,' zei hij.
'Ja,' zei de prinses.
'Wat walgelijk,' zei de koning.

De vierde nacht

De koning had wijn bij het eten gedronken en daarom was hij in een filosofische bui. ‘Waarom luister ik eigenlijk zo graag naar je verhalen?’ vroeg hij.

‘Omdat ze niet waar gebeurd zijn,’ zei de prinses. ‘De werkelijkheid is gratis.’

De koning kneedde zijn buik. Van wijn kreeg hij altijd het zuur. ‘Dus ik betaal je om tegen me te liegen?’

‘Dat is mijn werk.’

‘Onzin! Niet al je klanten willen je verhalen horen.’

‘Wel waar,’ zei de prinses. ‘Het liefst horen ze dit.’ Ze stak haar buik omhoog en begon te kreunen. ‘O, o, o, wat ben je toch een geweldige minnaar.’ En ze hield weer op met kreunen.

‘Dat heb je tegen mij ook weleens gezegd.’

‘Bij jou meende ik het.’

De koning dacht na en besloot dat hij maar beter kon stoppen met nadenken. ‘Ik hoop dat je voor vandaag een extra mooie leugen hebt bedacht.’

‘Een extra mooi verhaal,’ zei de prinses. ‘Speciaal voor jou. Het gaat zo: In Amerika leefde eens een oude man die een groot bedrijf had. Hij bezat taxi’s, bussen en zelfs een paar schepen. Daarmee was hij de machtigste transportondernemer van heel New York. Hij had het bedrijf jaren geleden, nog voor de Grote Oorlog, zelf opgericht. In die tijd was hij als heel jonge vluchteling uit Rusland gekomen. Hij had gedacht dat hij in een land kwam waar het geld voor het oprapen lag, en hij was bereid om te bukken en het te pakken. Toen de veerboot van Ellis Island bij de pier aanlegde, sprak hij geen woord Engels. Het enige werk dat hij kon vinden, was auto's wassen in een garage.'

'Weet je wat mijn eerste baantje was?' vroeg de koning. 'Ik moest elke dag in alle kranten de overlijdensadvertenties lezen. Als de overledene een man was, stuurden we een pak pornoblaadjes naar zijn adres. Met een rekening. We beweerden dat hij die blaadjes vlak voor zijn dood nog had besteld. Dat vonden de nabestaanden dan zo pijnlijk dat ze meestal betaalden.'

'Ook niet gek,' zei de prinses.

'Misschien had ik in die branche moeten blijven,' zei de koning peinzend. 'Niets is zekerder dan de dood.' Hij was nog steeds zwaar aan het filosoferen.

'Heb je liever dat het verhaal over een begrafenisondernemer gaat?' vroeg de prinses.

'Niet nodig,' zei de koning. 'Het is al goed. Ga maar door.'

'Nauwelijks had de immigrant een beetje Engels geleerd,' vervolgde ze, 'of hij ging weg bij de garage en werd gids op een rondvaartboot die elke dag drie keer om de zuidpunt van Manhattan voer. De Hudson River af en de East River op. En daarna de East River af en de Hudson River op. Hij wist niets van New York, maar hij kocht een plattegrond met beschrijvingen en leerde die uit zijn hoofd. De passagiers hadden weliswaar dezelfde plattegrond op zak, maar wie voor een rondvaart een dollar heeft betaald, wil ook waar voor zijn geld. Er waren altijd verschillende gidsen aan boord, maar hij was de populairste omdat hij op elke vraag een antwoord had. Van elk markant gebouw wist hij precies te vertellen wie de eigenaar was en wat voor geschiedenis eraan vastzat. Dat kon hij doen omdat hij van de werkelijke geschiedenis geen idee had.'

'Je bedoelt: hoewel hij geen idee had.'

'Nee,' zei de prinses, 'omdat. Feiten zouden hem maar gestoord hebben. Hij kende de huizen niet, maar de mensen des te beter. Hij observeerde hen en paste zijn antwoorden aan de vragensteller aan. Dat was ook wel nodig als hij iets wilde verdienen. De gidsen werden niet betaald en moesten het hebben van de fooien.

Er stond bijvoorbeeld een villa aan de oever van de East River, een zuurtjeskleurig gedrocht met allerlei tierelantijnen en altijd gesloten vensterluiken. Die villa gaf hij drie keer per dag een nieuwe eigenaar, afhankelijk van het soort mensen dat toevallig aan boord was.

Voor stelletjes op huwelijksreis, voor wie alles romantisch moest zijn, verzon hij een rijke man wiens bruid op de dag voor de bruiloft was gestorven. Intussen huisde de man al bijna vijftig jaar helemaal alleen in de prachtige vertrekken die hij voor hun gemeenschappelijk geluk had ingericht. Hij schuwde het daglicht. De meest noodzakelijke levensmiddelen liet hij in een krat voor de deur zetten, dat hij 's nachts pas naar binnen haalde. Al tientallen jaren had niemand hem meer te zien gekregen.

Aan mannenclubjes die op hun uitstapje iets wilden beleven, vertelde hij over een kleine, blonde Broadway-zangeres, die van een opdringerige aanbidder af wilde en daarom snibbig zei: "Oké, ik ga met je naar bed, maar alleen in de slaapkamer van mijn eigen villa." Dus liet de dikbuikige, kale man de villa bouwen en toen hij snuivend zijn beloning in ontvangst nam, werd hij getroffen door een beroerte. Dan dronken de mannen lachend hun bier en was een goede fooi gegarandeerd.

Hij vertelde over een Duitse spion en over de maîtresse van de burgemeester. Over een gangsterboss en over een geheimzinnige oosterling. Hij nam zich telkens voor om een keer uit te zoeken van wie de villa nou echt was, maar hij kwam er niet aan toe. Hij had het veel te druk met iemand te worden.

Van de gespaarde fooien kocht hij zijn eerste taxi. Zestien uur per dag zat hij achter het stuur. Omdat hij er niet voor terugdeinsde om ook naar wijken te rijden die door andere chauffeurs werden gemeden, duurde het niet lang of hij kon een tweede auto aanschaffen en daarna nog een en nog een. Later kwamen er bussen bij, en van elke reis die hij organiseerde maakte hij zo'n fantastische beschrijving dat zich ook mensen opgaven die eigenlijk liever thuis waren gebleven. Ze wilden de beloofde ervaring niet missen. Hij was ook de eerste die op het idee kwam opkomende jonge acteurs als reisleider in dienst te nemen. Zij schilderden de attracties van het landschap zo overtuigend dat de passagiers niet eens meer uit het raam hoefden te kijken.

Op een gegeven moment, in de jaren vijftig, kocht hij ook de rondvaartboten die nog elke dag met hun ladingen toeristen rond Manhattan varen. De Hudson River af en de East River op. Hij verhoogde de omzet door voor dezelfde tochten steeds nieuwe onderwerpen te bedenken. Het Manhattan van de rijke en mooie mensen bijvoorbeeld, of het Manhattan van de grote misdadigers. Toen hij echt rijk was, wilde hij ook de villa met de tierelantijnen kopen waar hij in zijn jeugd zoveel verhalen over had verzonnen, maar die was allang gesloopt en vervangen door een kantoorgebouw.

Intussen was hij bijna negentig. Sinds zijn komst uit Rusland had hij geen voet meer buiten de stad gezet.'

'Ik ben nog nooit in New York geweest,' zei de koning somber. 'De wereld is te groot en je komt nergens aan toe.' Het was een zware rode wijn geweest, die nog steeds nawerkte.

'Uit de leiding van de zaak,' vertelde de prinses verder, 'had de oude heer zich allang teruggetrokken. Dat deed zijn zoon, een vooraanstaand zakenman, die in alle belangrijke commissies zat en lid was van alle nuttige verenigingen. Wie als politicus in New York iets wilde bereiken, zocht zijn steun.'

'Aan politici heb ik nooit een cent uitgegeven,' zei de koning. 'Die worden altijd op het verkeerde moment weggestemd.'

'De zaken liepen goed, want hij vergat nooit wat zijn vader hem had ingeprent. "Wij verkopen geen reizen," had hij altijd gezegd, "wij verkopen dromen."

Hij hield van zijn vader, omdat die met zijn fantasie zijn kinderjaren had betoverd. Van de weg naar school had hij elke dag een nieuw, spannend avontuur gemaakt: een sluipweg door een jungle vol wilde dieren of een plechtige optocht bij de kroning van een koning. Bij het eten kon er in elke soepterrine een kostbare edelsteen verborgen zitten en de krant, die zijn vader aan tafel altijd las, stond vol met geheimzinnige boodschappen. Je hoefde ze alleen maar te ontcijferen, dan kon je het land voor de gevaarlijkste vijanden behoeden. En na al die avonturen ging je als kleine jongen niet gewoon naar bed, maar je enterde een piratenschip of bestormde een fort in het wilde Westen. Mooier kon je jeugd helemaal niet zijn.'

'Mijn vader was een klootzak,' zei de koning.

'Was het zo erg?' vroeg de prinses.

'Erger nog,' zei de koning. 'Ik heb hem nooit leren kennen.' Zijn filosofische bui was overgedreven, alleen het zuur was gebleven. 'Ga door,' zei hij. 'Ik heb afleiding nodig.'

'Met genoegen,' zei de prinses. 'De zoon zocht zijn vader elke dag op en vertelde hem alles wat er op de zaak was gebeurd. Tot voor kort had de oude man hem altijd nog adviezen gegeven of tenminste instemmend geknikt of sceptisch zijn hoofd geschud. Maar als zijn zoon hem nu iets wilde laten zien, de catalogus met de modernste touringcars of de tekeningen van een nieuwe bar op een van de schepen, dan schoof hij de toegestoken papieren weg en zei: "Dat interesseert me allemaal niet meer." Urenlang zat hij daar maar te zitten, met zijn kin op de kruk van zijn wandelstok.

Zijn zoon maakte zich zorgen om hem en besloot dat er voortaan altijd een verpleegster in huis moest zijn. Hij schakelde een bureau in, dat hem betrouwbare, ervaren vrouwen in gesteven uniformen stuurde. Ze zetten thee en losten kruiswoordraadsels op. Als ze de oude man met babbelpraatjes probeerden bezig te houden, wilde hij daar niets van weten. Tegen zijn zoon zei hij: "Ik heb geen gezelschap nodig. Ik heb helemaal niets meer nodig."'

De koning sloeg met zijn vlakke hand op zijn zere buik. 'Je hebt weer eens een leuk verhaal bedacht,' bromde hij. 'Een oude man die zich nergens meer voor interesseert. Reuzeleuk.'

'Het blijft niet zo,' zei de prinses.

'Dat is te hopen,' zei de koning.

'Toen de zoon weer een keer op bezoek kwam, hoorde hij zijn vader al in de gang lachen, zo hartelijk als hij hem in geen maanden had horen lachen. Hij ging naar binnen en wilde hem begroeten, maar de oude man legde een vinger op zijn lippen en schudde zijn hoofd.

De verpleegster van die dag was heel jong en droeg ook geen verpleegstersuniform zoals haar collega's. Ze was gekleed als een jong meisje dat haar studie achter de toonbank van een hamburger- of pizzatent verdient. Met gekruiste benen zat ze op de grond en maakte het verhaal af waar de oude man zo om had moeten lachen: "De tovenaar zei zijn spreuk op," zei ze, "en de vonken spatten van zijn toverstaf. Maar omdat hij artritis had en zijn arm niet goed meer kon bewegen, wees hij naar de verkeerde plek en veranderde hij niet de hoop uien in goud, maar de neus van de tsaar."

De oude man grinnikte. "Ze vertelt me sprookjes," zei hij.

"Door een gouden neus kun je niet ademhalen en daarom viel de tsaar dood neer, waarop het volk in gejuich uitbarstte. Hij had zijn onderdanen geteisterd met belasting en heffingen en daarom vonden de mensen dat hij die gouden neus had verdiend."

"Russische sprookjes," zei de oude man.

"Zijn opvolger besteeg met veel pracht en praal de troon en drie dagen lang vloeide de beste wodka uit alle fonteinen in het land. Maar de gouden neus ligt nog altijd in een schatkist in het Kremlin.

Zo," zei de jonge vrouw terwijl ze opstond. "U hebt bezoek, dus ik kan wel gaan."

"Jammer," zei de oude man.

"Heeft het bureau u gestuurd?" vroeg zijn zoon.

"Niet direct. Eigenlijk had mijn moeder hier vandaag moeten zijn. Maar die is wakker geworden met vreselijke spit, daarom ben ik voor haar ingevallen. Ik studeer, maar nu is er geen college."

"Waar kent u die Russische sprookjes van?"

"Ik ken geen Russische sprookjes," zei de jonge vrouw, "maar die kun je bedenken."'

'Net als jij,' zei de koning.

'Zo ongeveer,' zei de prinses. 'Bij de oude man waren de sprookjes zo in de smaak gevallen dat hij erop stond dat de studente de volgende dag terugkwam en de daaropvolgende ook. Haar gezelschap leek hem goed te doen. Daarom nam zijn zoon haar met plezier in dienst en betaalde haar zelfs meer dan de verpleegsters van het bureau. Haar kwam het baantje ook goed uit. Ze had al lang naar een mogelijkheid gezocht om wat bij te verdienen.

Een paar weken ging alles goed. Ze vertelde de oude man verhalen uit een verzonnen Rusland en maakte hem daarmee aan het lachen. Soms ook aan het huilen, maar het waren aangename tranen. Net als in de bioscoop, wanneer het happy end je te machtig wordt.'

'Naar die ongein kijk ik nooit,' zei de koning. En hij voegde er schamper aan toe: 'Sprookjes.'

'Russische sprookjes,' zei de prinses. 'Er kwamen papen, bojaren en kozakken in voor, de kerken hadden uivormige koepels en de bossen zaten vol met paddenstoelen. Het Rusland dat hij indertijd had verlaten was heel anders geweest, en toch werd de oude man aan zijn jeugd herinnerd, een veel gelukkiger jeugd dan hij in werkelijkheid had gehad.

Op een dag – hij wilde net bij zijn vader op bezoek gaan – kwam de zoon voor het huis tot zijn verrassing een notaris tegen, die hij kende van tal van zakelijke afspraken.

"Ik had eigenlijk verwacht dat u er wel bij zou zijn," zei de notaris.

"Waarbij?"

"U bent toch zeker wel op de hoogte," zei de notaris. "Uw vader heeft zijn testament veranderd."'

'Zoiets had ik wel verwacht,' zei de koning zelfvoldaan. 'De jonge vrouw was natuurlijk een erfenisjaagster en die oude sukkel had zijn hele vermogen aan haar vermaakt.'

'Zover ging hij niet,' zei de prinses. 'Maar hij wilde haar studie betalen en nog iets meer dan dat. Voor zijn zoon was dat een groot probleem. Niet vanwege het bedrag. Dat was makkelijk op te brengen. Maar als je aan zoiets begint, is het hek van de dam ...'

'Zeg dat wel,' zei de koning.

'... en wie weet wat zijn vader nog allemaal zou ondertekenen. Hij probeerde met hem te praten, maar de oude man reageerde koppig en zei dat hij niet onder curatele stond, dat het bedrijf en het hele vermogen nog altijd van hem waren en dat hij ermee kon doen wat hij wilde.'

'Ja, als ze oud zijn, worden ze dwars,' zei de koning. Ondanks het zuur sloeg hij weer aan het filosoferen. 'Alleen als je geluk hebt, zijn ze voor die tijd al dood.'

'Als je geluk hebt,' herhaalde de prinses.

'Heeft hij een handje geholpen?'

'Nee,' zei de prinses. 'Hij hield immers van zijn vader. Hij deed alleen wat hij moest doen om zijn erfenis veilig te stellen. Hij ontsloeg de studente. Op staande voet. Tegen zijn vader zei hij dat ze zelf had opgezegd omdat ze zich op het nieuwe studiejaar moest voorbereiden. Nu kwamen de degelijke vrouwen in de gesteven uniformen weer om de oude man te verzorgen. Ze probeerden een praatje met hem te maken, maar hij weigerde zelfs naar hen te luisteren.

Vanaf die dag ging het snel bergafwaarts met hem. Toen hij de tekeningen van een nieuwe plezierboot moest bekijken, iets wat hem vroeger hevig geïnteresseerd zou hebben, draaide hij niet eens zijn hoofd om. "Ik zie niets meer," zei hij. "Ik ben blind."

Zijn zoon nam hem mee naar de duurste specialisten, maar niemand kon iets ontdekken. "Zijn ogen zijn helemaal gezond," zeiden ze, "dat zie je niet vaak op die leeftijd." Maar de oude man stootte steeds vaker zijn theeglas om of struikelde over drempels. De verpleegsters tilden hem weer op en zetten nieuwe thee. Ze knikten dan veelzeggend en zeiden dat het niet de eerste keer was dat ze zoiets meemaakten.

Zijn zoon wilde hem naar de duurste kliniek sturen, maar de oude man weigerde. "Als ik me ergens laat behandelen," zei hij, "dan in Rusland. In Moskou heb je de beste artsen. En trouwens, ik wil mijn vaderland nog een keer zien voor ik sterf."

"Ik dacht dat je niets meer zag," zei zijn zoon.

"Misschien word ik daar weer beter," zei de oude man.'

'Gewoon seniel,' zei de koning.

'Algauw praatte de oude man alleen nog over die reis, die hij zich elke dag gedetailleerder voorstelde. Een vliegtuig kwam niet in aanmerking, alleen een schip. Net zoals hij meer dan zeventig jaar geleden was gekomen, toen hij in Sint-Petersburg naar het tussendek was afgedaald en het pas weer had verlaten toen ze het Vrijheidsbeeld naderden. Je kon hem honderd keer uitleggen dat er geen passagiersschepen meer waren, zeker niet op die route, maar hij was niet van zijn plan af te brengen. "Schepen zijn er altijd," zei hij. Als hij werd tegengesproken, wond hij zich op, soms zo erg dat gevreesd moest worden voor een hartaanval.'

'Dat zou een oplossing geweest zijn,' zei de koning.

'Maar niet de oplossing die zijn zoon wenste,' zei de prinses. 'Hij sprak met de artsen en die zeiden dat als een oude man zich zoiets onmogelijks in het hoofd zette – en zeker iemand die niets meer zag, ook al waren zijn ogen volkomen in orde – dat alleen kon betekenen dat het einde naderde. Dan kon de medische wetenschap niet meer genezen, maar alleen nog verzachten. Gelukkig waren er medicijnen die in zulke situaties al vaak goede diensten hadden bewezen. De patiënten werden daar rustig en vredig van, zeiden de artsen, en op een gegeven moment bliezen ze hun laatste adem uit zonder nog geplaagd te zijn door fantasieën.'

'En zonder hun testament nog een keer veranderd te hebben,' zei de koning.'

'Ook dat zou de zoon intussen koud hebben gelaten,' zei de prinses. 'Hij maakte zelfs een rit van drie volle uren naar de universiteit waar de studente zich had ingeschreven, en vroeg of ze terug wilde komen om zijn vader weer Russische sprookjes te vertellen. Ze liet hem de toestand van de oude man beschrijven en bedankte toen voor de eer. De tijd voor sprookjes was waarschijnlijk voorbij, zei ze. Maar ze had een beter idee. Een veel en veel beter idee.'

'Komt nu het leuke deel van het verhaal?' vroeg de koning.

'Nu komt het slot,' zei de prinses. 'Toen de zoon zijn vader weer eens opzocht, zei hij tegen hem: "Er varen dan wel niet veel schepen meer naar Rusland, maar ik heb er toch een voor je gevonden."

"Daar heb je anders lang over gedaan," zei zijn vader.

"Het vertrekt morgen al," zei de zoon. "We moeten je koffers gaan pakken."

De oude man hield vol dat hij niet veel nodig had. "Alleen een kleine tas," zei hij. "Meer had ik toen ook niet bij me."

"Deze keer zul je niet op het tussendek reizen," zei zijn zoon, "samen met honderd anderen, hangmat aan hangmat. Je krijgt een eersteklas hut en een eigen steward, die je alles brengt wat je nodig hebt."

"Dat interesseert me niet," zei de oude man. "Als het maar een schip is."

"Hij zal warme vleesbouillon serveren, elke morgen en elke middag als je lekker aan dek in je ligstoel ligt."

"Dek of geen dek," zei zijn vader. "Als je niets meer ziet, doet het uitzicht er niet toe."

"Ik kom je halen en breng je dan naar de haven."

“Ik kan ook een taxi nemen,” zei de oude man. “Ze zijn toch allemaal van mij.”

De volgende ochtend vertelde de verpleegster dat haar patiënt een onrustige nacht had gehad. Hij had in zijn slaap steeds weer gepraat, in een taal die ze niet kende. “Zou het Russisch geweest kunnen zijn?” vroeg de zoon. Ja, het kon volgens haar heel goed Russisch geweest zijn.

De reistas was gepakt en ze gingen op weg. Nog voor ze het eind van 42nd Street hadden bereikt, rook de oude man het water.’

‘Hoe komt het dat jij bekend bent in New York?’ vroeg de koning.

‘In mijn werk heb je veel vakantie nodig.’

‘Dat begrijp ik niet,’ zei de koning. ‘Jij ligt toch de hele tijd maar in bed.’

‘Ze kwamen bij de pier,’ vertelde de prinses verder, ‘en de oude man steunde zwaar op de arm van zijn zoon. “Ligt het schip gereed?” vroeg hij.

“Alles is gereed,” zei zijn zoon, en ze gingen aan boord.’

‘En is het schip echt naar Rusland gevaren?’

‘Natuurlijk niet,’ zei de prinses. ‘Zulke schepen bestaan allang niet meer. Het was een van zijn eigen rondvaartboten. De volgende dagen voer het steeds weer de Hudson af en de East River op en daarna de East River af en de Hudson op. Steeds dezelfde route.

Overdag zat de oude man in zijn rieten stoel bij de reling. De steward trok de deken over zijn benen recht en bracht hem warme vleesbouillon. Het was geen echte steward, maar de man die anders op de boot hotdogs verkocht. Hij droeg ook geen wit colbertje. Maar als de oude man vroeg: “Zijn we al bijna in Rusland?”, dan wist hij wat hij moest antwoorden. “Naar Rusland is het nog heel ver.”

’s Avonds was er altijd een groot diner, hoewel de oude man nog maar heel weinig at. Maar als je eerste klas de oceaan oversteekt, horen daar grote diners bij. In het glazen hokje waar anders de toeristen voor de regen schuilden, hadden ze een tafel voor hem neergezet. Onder het eten had hij de lichtjes van Manhattan kunnen zien, maar hij zag immers niets meer. Het souvenirwinkeltje hadden ze ook leeggehaald en er zijn hut van gemaakt. Aan de muur hingen nog de prijslijsten voor de sneeuwbollen met het Empire State Building en de T-shirts met het Vrijheidsbeeld, maar hij was toch blind. Als ze hem voor het eten zijn bestek in de hand drukten of hem naderhand naar bed brachten, vroeg hij telkens: "Zijn we al bijna in Rusland?" En dan antwoordden ze: "Naar Rusland is het nog heel ver."

Pas als hij in slaap was gevallen – de artsen hadden een middel voorgeschreven dat zijn slaap diep en droomloos maakte –, legde het schip aan. Er werd getankt en ze namen verse levensmiddelen aan boord. Als hij wakker werd, waren ze allang weer op volle zee, op weg naar Rusland. Steeds de Hudson af en de East River op, de East River af en de Hudson op. De route voerde hen langs alle gebouwen waar hij als jonge reisleider verhalen over had verzonnen, ook langs het kantoorgebouw dat ooit een villa met allerlei tierelantijnen was geweest. Ze vertelden hem over reusachtige olietankers die aan de horizon voorbijvoeren, over spelende dolfijnen en één keer over een ijsberg. Dan knikte hij, alsof hij niets anders had verwacht, en vroeg: "Zijn we al bijna in Rusland?"

Algauw liet hij zijn vleesbouillon staan en nadat hij ook bij het galadiner zijn eten niet had aangeraakt, kwam zijn zoon 's nachts aan boord. Hij wachtte tot zijn vader de volgende morgen weer in zijn rieten stoel zat en de bekende vraag stelde. Toen knikte hij naar de onechte steward en die antwoordde: "Ja, nu zijn we in Rusland."

De oude man glimlachte tevreden. Omdat hij met zijn hoofd op de knop van zijn wandelstok steunde, merkten ze niet meteen dat hij gestorven was.'

'Je verhaal gaat niet op,' zei de koning. 'Hij was dan misschien wel blind, maar toch niet doof. Hij moet toch al die andere schepen hebben gehoord, en de auto's onder de bruggen en de vliegtuigen.'

'Dat kan best,' zei de prinses. 'Maar wilde hij die wel horen?'

De koning zweeg lang. Daarna sloeg hij met zijn hand op zijn blote buik. 'Haal een glas water voor me,' zei hij. 'Ik heb het zuur.'

De vijfde nacht

'Er was eens ...' zei de prinses. 'Of eigenlijk: er zal eens zijn.'

'Wat is dat nou weer voor onzin?' vroeg de koning.

'Het verhaal speelt zich af in de toekomst.'

'Heb jij dan een idee van de toekomst?'

'Nee,' zei de prinses, 'gelukkig niet.'

'Jammer,' zei de koning terwijl hij zich onder de band van zijn pyjamabroek krabde. 'Ik zou weleens willen weten wanneer die stomme pukkel hier eindelijk weggaat.'

'Zal ik zalf voor je kopen?'

'Als ik een verpleegster nodig heb,' zei de koning, 'dan laat ik er wel een komen. Vertel!'

'Er was eens – over twintig of over vijftig jaar, maar in elk geval nog in deze eeuw – een jongeman, die al een hele tijd samenwoonde met zijn vriendin. Als ze niet in de toekomst hadden geleefd, waren ze misschien wel getrouwd geweest. Maar in hun tijd was het huwelijk uit de mode geraakt.'

'Heel verstandig,' zei de koning.

'Op een ochtend – ze lagen nog in bed – begon precies om zeven uur de matras te trillen. Dat was een nieuwe uitvinding, die je op een veel prettiger manier uit je slaap haalde dan een wekker.'

'Praktisch,' zei de koning.

'De jongeman werd ook meteen wakker. Toen hij overeind kwam, zag hij dat zijn vriendin naast hem nog in diepe slaap was. Haar haar was in de war als bij een klein meisje, en dat vond hij zo schattig dat hij besloot haar met een zoen wakker te maken. Hij boog zich dus liefdevol over haar heen ...'

'Wordt dit een liefdesverhaal?' vroeg de koning. 'Daar ben ik absoluut niet voor in de stemming.'

'Nee,' zei de prinses, 'het wordt geen liefdesverhaal.'

'Gelukkig maar,' zei de koning.

'Hij boog zich over haar heen,' herhaalde de prinses, 'en drukte een zoen op haar wang. Zijn vriendin opende slaperig haar ogen, keek hem aan en begon te gillen.'

'Gillen?' vroeg de koning.

'Gillen,' zei de prinses. 'Met wijd opengesperde mond en een heel hoge, schrille stem, die hij helemaal niet van haar kende. Eerst dacht hij dat ze naar droomde en zo wel wakker zou worden, maar toen hij probeerde haar geruststellend te strelen, sloeg ze om zich heen en trapte ze naar hem.

"Ik ben het," zei de jongeman, maar die woorden brachten zijn vriendin nog meer in paniek. Ze staarde hem aan alsof hij niet mocht bestaan en met de deken dicht om zich heen kroop ze jammerend in de verste hoek van de kamer.'

'Wat had ze?' vroeg de koning.

'Ze was bang,' zei de prinses.

'Maar waarvoor?'

'Dat begreep de jongeman ook niet. Toen hij haar met haar vertrouwde troetelnaam aansprak, kromp ze in elkaar en toen hij naar haar toe ging, begon ze opnieuw te gillen. "Ga weg!" gilde ze steeds weer. "Ga weg!"

Hij wist niet wat hij moest doen en daarom besloot hij hetzelfde te doen als elke dag. Hij was in dienst bij een bedrijf waar ze veel waarde hechtten aan stiptheid en dus besloot hij gewoon naar zijn werk te gaan en later, als ze gekalmeerd zou zijn, zijn vriendin op te bellen. Hij dacht nog steeds dat ze naar droomde.'

'Of ze had drugs gebruikt,' zei de koning.

'Dat had goed gekund. In die tijd kon je die in de supermarkt kopen en op tv maakten filmsterren er reclame voor.'

'Denk je echt dat het nog eens zover komt?' vroeg de koning.

'Misschien,' zei de prinses.

'Daar zou ik faliekant tegen zijn,' zei de koning. 'Als je dat spul overal kunt kopen, valt er niets meer aan te verdienen. Dat heet vraag en aanbod.'

'De man wilde zich aankleden,' vervolgde de prinses, 'maar bij elke beweging die hij maakte, raakte zijn vriendin opnieuw in paniek. Dus pakte hij zijn kleren en ging naar de badkamer. Toen hij zich had aangekleed en klaar was om te vertrekken, deed hij de deur van de slaapkamer nog een keer open. Eerst zag hij zijn vriendin nergens, maar toen hoorde hij haar snel en heftig ademhalen en merkte hij dat ze onder het bed was gekropen. Hij ging op zijn knieën liggen en boog zich naar haar toe. Toen ze zijn gezicht voor zich zag, begon ze te jammeren. Ze fluisterde: "Dat ben jij niet. Dat ben jij niet. Dat kun jij niet zijn."'

'Wat bedoelde ze daarmee?' vroeg de koning.

'Moet ik het meteen vertellen?' vroeg de prinses. Ze haalde een pakje sigaretten onder haar kussen vandaan, want tussen haar en de koning was het gebruikelijk geworden dat ze na elk verhaal een sigaret mocht roken.

De koning sloeg het pakje uit haar hand.

'Nog niet,' zei hij. 'Als die stomme pukkel zo jeukt, kan ik toch niet slapen.'

Dus ging de prinses door met haar verhaal. 'De jongeman probeerde zijn vriendin te kalmeren, maar dat lukte niet. Wat hij ook zei, het leek haar toestand alleen maar erger te maken. En aanraken was er al helemaal niet bij. Ten slotte bedacht hij dat het waarschijnlijk het beste was om haar voorlopig alleen te laten.'

'Een rotsmoes,' zei de koning.

'Daar zou je best eens gelijk in kunnen hebben,' zei de prinses. 'Hij wist niet wat er met haar aan de hand was en hij was bang om iets verkeerd te doen. Dus trok hij de deur achter zich dicht en ging weg.

Toen hij bij zijn auto kwam en wilde instappen, kreeg hij hem niet open. Hij deed een tweede poging en weer lukte het niet. Toen hij voor de derde keer aan de kruk rukte, ging het alarm af. Hij schrok zo van de loeiende sirene dat hij als een betrapte dief wegrende. Een paar mensen keken hem na, maar niemand ging achter hem aan.'

'Omdat niemand gezeur wilde,' zei de koning.

'Nee,' zei de prinses, 'omdat de mensen erop vertrouwden dat hij ook zonder hen wel werd gepakt. De auto wist wie geprobeerd had hem open te maken. En dat betekende dat ook de politie het wist. De ambtenaren hoefden maar in hun systeem te kijken om vast te stellen waar die persoon zich op dat moment bevond. Met dat doel waren immers de persoonlijke pasjes ingevoerd.'

'Wat voor pasjes?' vroeg de koning.

'Heel eenvoudig,' legde de prinses uit. 'In die toekomst moest ieder mens altijd een chippas bij zich hebben, waarop al zijn persoonlijke gegevens waren opgeslagen: naam, leeftijd, woonplaats, bloedgroep, het saldo van zijn bankrekening enzovoorts enzovoorts. Als je een auto kocht, werd dat op het pasje geprogrammeerd en vanaf dat moment deed het pasje dienst als autosleutel. Zodra je met het pasje op zak voor je auto stond, ging de vergrendeling open.'

'En waarom werkte dat bij hem niet?' vroeg de koning.

'Dat wist hij niet,' zei de prinses. 'Hij wist alleen dat zijn auto hem om de een of andere reden niet had herkend. Een fout in het systeem, dacht hij, hoewel iedereen wist dat het systeem nooit fouten maakte.'

'Met zo'n pasje kun je dus altijd weten waar iemand zich bevindt.'

'Precies,' zei de prinses.

De koning krabde peinzend aan zijn pukkel. 'Dan zou ik het gewoon thuislaten,' zei hij.

‘Zonder pasje werd je meteen gearresteerd. Op elke straathoek bevonden zich sensoren die dat controleerden.’

‘Wat een waardeloze toekomst heb je bedacht,’ zei de koning. ‘Ik krijg er een slechte smaak van in mijn mond. Geef me de fles op het nachtkastje eens aan.’

Hij nam een flinke slok whisky en daarna nog een. Dan kon hij beter nadenken, had hij haar ooit uitgelegd.

De prinses keek verlangend naar de sigaretten die nu verspreid over de vuile vloerbedekking lagen.

‘Als je de hele tijd gecontroleerd wordt,’ vroeg de koning ten slotte, ‘hoe kun je in jouw toekomst dan zakendoen?’

‘Dat is lastig,’ zei de prinses.

‘Dat bedoel ik,’ zei de koning.

‘Maar als het lukt, is het heel lucratief.’

‘Mij zou het wel lukken,’ zei de koning.

‘Absoluut,’ zei de prinses en ze vertelde verder. ‘Er reed ook een tram in de richting van zijn kantoor. Die zag er helemaal niet zoveel anders uit dan de trams van tegenwoordig. Alleen was er geen bestuurder meer nodig. En bij het instappen werd de prijs van het kaartje automatisch van de rekening van de passagier afgeschreven.’

‘Via de chippas?’

‘Precies,’ zei de prinses. ‘Maar bij de jongeman werkte dat die ochtend niet. In plaats van het zachte *ping* dat de afschrijving normaal gesproken bevestigde, klonk er een harde bel. Alle passagiers draaiden zich naar hem om. Dat geluid kregen ze zelden te horen, maar ze wisten allemaal wat het betekende: hoewel het verboden was, had er iemand in willen stappen die niet genoeg geld op zijn rekening had om de rit te betalen.

“Wat is er toch met mijn pasje?” zei de jongeman. Hij praatte met opzet hard. Hij vond de situatie pijnlijk en de andere passagiers moesten weten dat het niet zijn schuld was. Ze keken hem met een strak gezicht aan en geloofden hem niet.

Er zat niets anders op dan naar zijn werk te lopen. Het was een heel eind en de straten waren niet geschikt voor voetgangers. Onderweg probeerde hij zijn vriendin te bellen. Maar zijn telefoon deed het niet en hij ...'

'Wacht even,' zei de koning. 'Ik weet het al. Zijn telefoon stond ook in verbinding met die stomme chippas. Klopt dat?'

'Klopt,' zei de prinses. 'Je bent vlug van begrip.'

'Dat moet ook,' zei de koning. 'Anders kun je het wel schudden. Ik heb eens in een kwartier een nieuw kaartspel geleerd. Alleen door te kijken. Maar ik deed alsof ik er niets van snapte. Ze wilden me afzetten, maar ik heb ze uitgekleed.'

'Een mooi beeld,' zei de prinses.

'Ik zou ook in de toekomst mijn weg wel vinden. Tenslotte is het allemaal een kwestie van persoonlijkheid.'

'Dat zou kunnen,' zei de prinses.

De koning nam nog een slok whisky. 'Ga door,' zei hij.

'De jongeman was pas een paar straten verder toen hem iets opviel. Er reed al een hele tijd een donkergrijze stationcar achter hem, steeds op dezelfde afstand. Het merk was niet te zien, maar toch kwam de auto hem bekend voor, al had hij niet kunnen zeggen waarvan.

Het kon natuurlijk toeval zijn dat de auto er telkens was als hij zich omdraaide. Maar toen hij een zijstraat in liep, bleef hij hem volgen. Bij wijze van proef ging hij langzamer lopen. De auto kwam niet dichterbij. Hij ging harder lopen. De auto bleef niet achter.

"Ik heb geen reden om ergens bang voor te zijn," zei de jongeman bij zichzelf. "Ik heb me nergens schuldig aan gemaakt." Hoe meer hij zijn best deed om die gedachte vast te houden, hoe meer hij in paniek raakte.

Hij kwam langs een warenhuis en liep zonder erbij na te denken naar binnen. Hij was al aan de late kant en had eigenlijk geen tijd om een omweg te maken. Daarom versnelde hij zijn pas; ten slotte begon hij te rennen, duwde de andere klanten opzij en werd door de verkopers verwijtend aangekeken. Voor een vitrine met horloges struikelde hij en viel. Toen hij weer overeind krabbelde, merkte hij dat de bewakingscamera's aan het plafond allemaal zijn kant op waren gedraaid. Hij probeerde te glimlachen als iemand die zich vrolijk maakt over zijn eigen onhandigheid, maar het wilde niet erg lukken.

Hij verliet het warenhuis door een zijuitgang. Op straat was geen spoor van de grijze auto te bekennen. Dat was tenminste iets. Maar hij voelde zich toch niet op zijn gemak en liep op weg naar zijn bedrijf nog een paar keer een winkel binnen. Hij was al meer dan een uur te laat toen hij eindelijk bij het kantoorgebouw aankwam.'

'Allicht,' zei de koning. 'En de grijze stationcar stond hem al op te wachten.'

De prinses moest heel verrast gekeken hebben, want de koning schoot in de lach. Hij lachte zo hard dat hij zich in zijn whisky verslikte. 'Daar sta je van te kijken,' zei hij triomfantelijk toen hij weer kon praten. 'Maar spelregels heb ik zo onder de knie. Heb ik je verteld dat ik eens binnen een kwartier een kaartspel ...?'

'Ja,' zei de prinses, 'dat heb je verteld.'

'Zie je,' zei de koning. 'Dan kan ik ook wel nagaan hoe een verhaal van jou afloopt. De auto stond hem dus al op te wachten en toen hij aankwam ...'

'Nee,' zei de prinses, 'de auto was in geen velden of wegen te bekennen.'

Teleurgesteld nam de koning nog een slok. 'Zeker weten?' vroeg hij.

'Het is mijn verhaal,' zei de prinses.

'Nou goed,' zei de koning. 'En hoe gaat het verder?'

'Op de chippas was ook geregistreerd waar iemand werkte en daarom had de voordeur eigenlijk automatisch voor hem open moeten gaan.'

'Maar dat gebeurde niet.'

'Precies,' zei de prinses. 'Hij belde dus aan en moest voor zijn gevoel heel lang wachten voor de receptioniste zich eindelijk via de intercom meldde. Hij begon haar uit te leggen dat er iets met zijn pasje niet in orde was en dat hij daarom te laat was.

"Wie is daar?" vroeg ze.

Hij noemde zijn naam.

"Hier werkt niemand die zo heet."

Zonder alles wat hem die ochtend al was overkomen, had hij waarschijnlijk aan een grap gedacht. Hij kende de receptioniste al jaren en voor hij zijn vriendin leerde kennen, had hij zelfs een korte verhouding met haar gehad. Maar hier was geen sprake van een grap. Hier was iets fundamenteel mis en hij wilde eindelijk weten wat het was. De spanning van die dag maakte dat hij sneller kon denken. Zonder te aarzelen zei hij: "Wie hier wel of niet werkt, daar heb ik niets mee te maken. De naam staat op het pakje dat ik bij u moet afgeven. Een spoedzending."

"Waarom zegt u dat niet meteen?" De stem uit de intercom klonk verwijtend. Hij moest opnieuw wachten; toen ging de deur eindelijk open. Hij was net weer achter hem dichtgevallen toen de grijze stationcar voorreed.'

'Ik wist het, ik wist het,' zei de koning en hij was heel ingenomen met zichzelf. 'Mij maakt niemand iets wijs.'

Hij had intussen al behoorlijk wat op en moest daarom zo hard lachen om zijn triomf dat de whisky uit zijn neus liep en hij hem aan het nachthemd van de prinses afveegde.

'Graag gedaan,' zei ze.

'Vertel verder,' zei de koning.

'De jongeman nam de lift naar de vijfde verdieping en ging de afdeling binnen van het bedrijf waar hij werkte. Een collega die hij tegenkwam keek langs hem heen, zoals je langs mensen heen kijkt die je niet interesseren en met wie je niets te maken hebt. Alleen de receptioniste sprak hem aan.

"Waar is het pakje?" vroeg ze.

"Ik ben het toch," zei hij. Ze reageerde niet. Hij herhaalde: "Ik" en noemde zijn naam.

"Het pakje, alstublieft," zei de receptioniste. "We hebben hier nog meer te doen." En toen, op een heel andere toon, geschrokken en geërgerd: "Hé, waar wilt u naartoe?"

Hij was haar gewoon voorbijgelopen; hij liet haar achter haar kleine balie zitten, deed de melkglazen deur naar de kantoren open en ging naar binnen. "U kunt toch niet zomaar ..." hoorde hij haar nog zeggen.

Aan zijn bureau zat een vrouw die hij nog nooit had gezien. Ze leek hem niet op te merken. Op het scherm van de computer herkende hij de statistiek waar hij mee bezig was. Waar hij tot gisteravond mee bezig was geweest.

"Dit is mijn kantoor," zei hij.

De vrouw draaide zich naar hem om. Haar gezicht was hem totaal onbekend. Ze droeg een bril, die op het puntje van haar neus was gezakt. Hij had niet kunnen zeggen waarom juist dat hem zo irriteerde.

"En mijn bureau," zei hij.

"U hebt zich zeker in de deur vergist," zei ze. "Ik heb hier altijd al gezeten." Ze lachte. "Of is dit soms uw gezin?"

Op het bureau, op zijn bureau, stond een ingelijste foto. De vrouw was erop te zien. Op de foto hing de bril aan een dun kettinkje op haar borst. Naast haar stond een man die bezitterig zijn arm om haar heen had geslagen. Voor hen op de grond zat een klein meisje met een pop.

Even dacht de jongeman dat hij misschien inderdaad de verkeerde deur had geopend. Maar toen herkende hij het fotolijstje. Dat had zijn vriendin hem gegeven. Met haar foto erin. "Zodat je ook op je werk aan me denkt," had ze gezegd. Sindsdien stond het lijstje op zijn bureau. Op een keer was er een stapel dossiers omgevallen. Het lijstje was op de grond gevlogen, waarbij in de rechterbovenhoek een stukje van de versiering was afgebroken. Precies in de hoek waar nu een vreemde man zelfingenomen op de foto stond te glimlachen.

De jongeman hoorde iemand gillen, op dezelfde manier als

zijn vriendin die ochtend had gegild. Het duurde even voor hij merkte dat hij zijn eigen stem hoorde. Hij greep de vrouw die zijn plaats had ingepikt, bij haar schouders, schudde haar door elkaar en ...'

'Wacht even,' zei de koning. 'Ik geloof dat ik mijn pukkel heb opengekrabd.' Hij wreef met een punt van het laken over zijn buik en goot toen een scheutje whisky op het wondje. 'Dat ontsmet,' zei hij.

'Moet je dat in mijn bed doen?' vroeg de prinses.

'Op het nachtkastje zal het moeilijk gaan,' zei de koning. 'Ga maar weer door.'

'Jij bent de klant,' zei de prinses. 'Het liefst had de jongeman zijn handen om de hals van de vrouw gelegd en net zo lang geknepen tot ze niet meer kon beweren dat het haar kantoor was en haar bureau, haar fotolijstje en haar foto. Maar achter hem waren drie of vier mannen binnengekomen, die hem vasthielden en zijn armen op zijn rug draaiden. Ze waren bang en deden hem daarom meer pijn dan nodig was.

De vrouw wees beschuldigend naar hem en zei: "Hij is gek. Hoe is hij hier binnengekomen?"

Ze brachten hem naar het kantoor van zijn chef. Omdat ze hem geen van beiden los wilden laten, zaten de mannen elkaar in de weg. Een van hen was de collega met wie hij elke middag in de kantine aan dezelfde tafel zat.

"Jij moet me toch kennen," zei de jongeman tegen hem.

Zijn collega gaf hem een stomp in zijn rug en zei: "Ik heb u nog nooit gezien."

Ook zijn chef herkende hem niet. Hij wilde ook helemaal geen verklaring horen, maar zei alleen tegen zijn medewerkers dat ze de indringer in geen geval los mochten laten. Hij kwam achter zijn bureau vandaan, stapte op de jongeman af en doorzocht zijn zakken. Toen hij het pasje vond, zei hij: "Aha."

"Dat is mijn pasje," zei de jongeman.

"Dat zal zo blijken."

"Kijkt u maar naar de foto."

Zijn chef bekeek het pasje, keek zijn employé aan, keek weer naar het pasje en zo nog een paar keer heen en weer. Toen zei hij: "Ik zie geen enkele gelijkenis."

"Maar ik ben het." Hij zei het zo hard dat zijn collega's hem nog steviger vastpakten.

De chef liep weer naar zijn plaats. Op zijn bureau stond een kaartlezer en hij hield het in beslag genomen pasje voor de sensor. Hij wierp een blik op het scherm en knikte. "Als ik het niet dacht. Dit pasje is niet van u."

"Dat is het wel," zei de jongeman.

"Dat bestaat niet," zei de chef. "De eigenaar van dit pasje is dood."

"Het moet een fout in het systeem zijn." De jongeman merkte zelf dat hij niet overtuigend klonk. Zijn stem was onzeker. Aan het eind van de zin sloeg hij zelfs over.

Zijn chef lachte dan ook alleen maar. "Als de politie dadelijk komt, moet u een betere smoes hebben. Het systeem maakt geen fouten."

Wie in het nauw zit, ontwikkelt soms ongekende krachten ...'

'Dat weet ik,' zei de koning.

'... en de jongeman wist zich zowaar los te rukken. Omdat de mannen die hem hadden vastgehouden elkaar hinderden, was hij de kamer al uit voor ze konden reageren.

Op de gang was niemand. De deur van zijn kantoor stond open. Toen hij erlangs rende, zag hij vanuit zijn ooghoek dat de vreemde vrouw achter zijn computer getallen zat in te tikken. Alsof er niets was gebeurd.

De receptioniste, met wie hij ooit een verhouding had gehad, slaakte een gil toen ze hem naar de uitgang zag rennen. Hij herinnerde zich dat ze altijd precies zo had gegild als ze in bed klaarkwam.

De lift was bezet, dus nam hij de trap, met twee, drie treden tegelijk. In het trappenhuis kwam hij niemand tegen.

Toen hij buitenkwam, zag hij twee mannen uit de grijze stationcar stappen. Ze droegen een donker uniform dat hem vreemd voorkwam, hoewel hij het gevoel had dat hij het moest kennen. Een van de mannen liep om de auto heen. Daarna kwamen ze zonder haast van twee kanten op hem af.

De jongeman aarzelde een moment en rende toen de straat op. Hij hoorde nog een claxon en het gepiep van remmen. Toen hoorde hij niets meer.'

'Overreden?' vroeg de koning.

'Precies,' zei de prinses.

'En? Was hij dood?'

'Toen de mensen van zijn kantoor naar buiten kwamen, zagen ze hem midden op straat liggen. Rond zijn hoofd vormde zich een bloedplas. Een van de mannen in uniform knielde naast hem neer, pakte zijn hand en probeerde zijn pols te voelen. Toen schudde hij zijn hoofd en liet de hand weer los. Precies op dat moment was het zo stil dat iedereen de levenloze hand op de grond hoorde vallen.

De andere man in uniform wierp een vluchtige blik op de geschrokken employés en stapte toen rechtstreeks op de chef af. Hij was een ervaren ambtenaar en had meteen gezien wie het hier voor het zeggen had.

"Kent u die man?" vroeg hij.

De chef schudde zijn hoofd. "Hij had dit pasje op zak," zei hij terwijl hij de man in uniform de chippas toestak. Die pakte hem aan en liep ermee naar de stationcar. Hij haalde een draagbare kaartlezer uit de auto en hield het pasje ervoor. Na een poosje knikte hij.

"De eigenaar van de pas is overleden," zei hij. "Het is altijd weer verbazingwekkend hoe snel het systeem reageert."'

'En verder?' vroeg de koning.

'Het verhaal is uit,' zei de prinses en ze wilde een sigaret van de grond oprapen. De koning hield haar arm vast.

'Niet zo vlug,' zei hij. 'Eén ding moet je me nog uitleggen. Die grijze stationcar met de twee mannen in uniform, wat was dat eigenlijk?'

'De lijkwagen natuurlijk,' zei de prinses.

De koning dacht na. 'Oké,' zei hij toen. 'Nu mag je een sigaret roken.'

De zesde nacht

De koning kreunde en zweette en vroeg: ‘Hoe was ik?’

De prinses antwoordde wat er van haar werd verwacht. ‘Jij bent de beste,’ zei ze.

‘Dat weet ik.’ De koning rolde op zijn zij en maakte het zich gemakkelijk. Het was tijd voor zijn verhaal.

‘Er was eens een man,’ zei de prinses, ‘die geen succes had bij de vrouwen.’

‘Anders dan ik.’

‘Anders dan jij,’ beaamde de prinses. ‘Hij was niet lelijk en hij was ook niet dom ...’

De koning balde zijn vuist.

‘... maar hij was verlegen.’

‘Daar bof je bij,’ zei de koning.

‘Als hij een vrouw leerde kennen,’ vervolgde de prinses, ‘dacht hij altijd zo lang na wat hij moest zeggen dat de verkeerde woorden er vaak al uit waren voordat de goede hem te binnen schoten. Soms stotterde hij zelfs en als een vrouw toch naar hem glimlachte, wist hij dat ze dat uit medelijden deed. Hij had geen geluk met het andere geslacht.’

‘Als het zo’n happy-happy-verhaal wordt,’ zei de koning, ‘waar hij op het eind Miss World krijgt en ze nog lang en gelukkig leven, als het zo’n shitverhaal wordt, dan hoef ik het niet te horen.’

‘Hij krijgt Miss World niet,’ zei de prinses.

‘Die is ook niets voor verlegen mannen,’ zei de koning. ‘Vrouwen houden van doortastende mannen. Waar of niet?’

'Als jij het zegt,' zei de prinses. 'Op een keer ging hij met vakantie naar Marokko. Een all-inreis natuurlijk, want als assistent aan de universiteit verdiende hij niet veel. Hij had ergens gelezen dat er in Noord-Afrika veel single vrouwen te vinden waren. Maar in zijn hotel zaten enkel stellen en omdat hij alleen was, kreeg hij in het restaurant het slechtste tafeltje, pal naast de wc.'

'Ik krijg altijd de beste tafel,' zei de koning. 'Omdat ik royaal ben met fooien. En omdat ze weten dat ze aan mij geen makkelijke hebben.'

'Dat geloof ik graag,' zei de prinses en ze vertelde verder. 'Hij ging elke dag naar het strand, huurde een parasol en een ligstoel en las dan een van de vele boeken die hij voor de vakantie had ingepakt. Hij ging zelden het water in. Hij was bang voor kwallen en verbrandde ook vlug.

Toen hij op een keer aan het eind van de middag met zijn handdoek, zijn boek en de grote tube zonnebrandcrème weer terugging naar het hotel, viel het hem op dat er overal in het zand flesjes lagen. Ouderwetse glazen flesjes, waarvan de dop verzegeld was met pek. Een paar waren er gebroken. Hij moest oppassen dat hij niet in de groenige splinters trapte.

Hij vroeg zich net af waar al die flesjes vandaan kwamen, toen er een man in een rode, met gouddraad bewerkte pofbroek en met een groene tulband op zijn hoofd op hem afkwam. Hij droeg een mand aan zijn arm, waar hij precies zo'n flesje uit haalde als er hier overal rondslingerden. Hij stak het hem toe en zei: "Arabische Nachten. De mooiste vrouwen van de Oriënt, helemaal zonder sluier." Daarna liep hij door.

Aan de hals van het flesje zat een briefje, waarop een nachtclub werd aangeprezen. Een gelegenheid voor een zeer veeleisend publiek, in overleg met een van de belangrijkste kunsthistorici van het land ingericht in klassiek Arabische stijl. Bij de inrichting waren kosten noch moeite gespaard, stond er, en zelfs dit kleine relatiegeschenk was gemaakt naar een bij opgravingen ontdekt antiek voorbeeld.'

'Ik heb ooit echte Chinese antiquiteiten verkocht,' zei de koning. Hij lachte. 'Terwijl ze met kisten tegelijk uit een fabriek in Taiwan kwamen.'

'Taiwan hoort bij China,' zei de prinses.

'Precies,' zei de koning en hij lachte nog harder. 'Daarom waren ze ook echt.'

'De club had uiteraard airco, stond er ook nog op het briefje, en elk heel uur waren er oriëntaalse buikdansen te zien. Eronder zat een tegoedbon. Als je die meebracht, kreeg je het eerste drankje gratis. Ter waarde van vijftig Marokkaanse dirham.'

'Ben jij weleens in Marokko geweest?' vroeg de koning.

'Eén keer.'

'En hoe was het?'

'Ik heb goed uitgerust,' zei de prinses. 'Behalve ik zaten er alleen stellen in het hotel.

De man,' ging ze verder met haar verhaal, 'nam het flesje mee naar zijn hotelkamer en legde het in een tas bij de andere souvenirs. Uit pure verlegenheid kocht hij bijna elke dag souvenirs, ook al had hij thuis niemand aan wie hij ze kon laten zien. Maar hij kon gewoon geen nee zeggen tegen de handelaren op het strand.

In het hotel, waar het personeel altijd meteen ziet welke gasten niet zullen klagen, hadden ze hem de slechtste kamer gegeven, pal boven de discotheek, waar tot drie uur 's nachts de bassen dreunden. Toen hij eindelijk toch in slaap was gevallen, hoorde hij in zijn droom een stem. Die zei iets in een taal die hij niet verstond, misschien was het Arabisch, misschien ook niet. De stem herhaalde steeds dezelfde woorden en hij dacht nog: wat ben ik toch een pechvogel. Dan droom ik eens iets en dan versta ik het niet. Maar toen gingen er buiten op straat een paar dronken toeristen tekeer en merkte hij dat hij helemaal niet sliep en dat het dus ook geen droom kon zijn. Toch hoorde hij de stem, steeds dezelfde zin. Dan moest hij uit de kamer ernaast komen. Bijna had hij op de muur geklopt om te zorgen dat het daar stil werd, maar toen schoot hem te binnen dat de kamer naast hem niet bewoond was. Daar stond alleen de grote boiler, waarvan elke morgen om vijf uur de leidingen tikten totdat de ketel de juiste temperatuur had. Maar de stem klonk toch heel dichtbij. Tot zijn verbazing leek hij uit zijn reistas te komen. Hij deed het licht aan en stapte uit bed. Inderdaad. De stem kwam uit het flesje.

Een reclamegrap, dacht hij, zo'n elektronisch apparaatje dat soms ook in een wenskaart zit. Hij wist niet hoe hij de repeterende stem uit moest schakelen en legde een kussen op het flesje om toch nog een paar uur te kunnen slapen.

Toen hij wakker werd, was de stem verstomd. Er zat vast maar een klein batterijtje in het flesje. Hij bracht de dag door aan het strand, las een boek waarin een ongelukkig verliefde man zelfmoord pleegde, kocht van een handelaar een houten kameel, gebruikte de avondmaaltijd en ging naar bed. Midden in de nacht begon de stem weer te praten. Steeds dezelfde zin in die vreemde taal. Waarschijnlijk was het een reclamespreuk, die zoiets betekende als: "Bezoek de Arabische Nachten en geniet van de mooie vrouwen zonder sluier." De stem leek luider geworden en zelfs met twee kussens kon hij hem niet helemaal tot zwijgen brengen. Hij sliep die nacht heel slecht.'

'Waarom gooide hij die stomme fles niet gewoon weg?' vroeg de koning.

'Dan had hij midden in de nacht zijn kamer uit gemoeten,' zei de prinses. 'En 's morgens dacht hij er niet meer aan, omdat de stem dan weer zweeg. Maar de derde nacht ...'

'Hoeveel nachten heeft dit verhaal?' vroeg de koning.

'Zoveel als je wilt,' zei de prinses.

'Dan is dit de laatste.'

'Goed,' zei de prinses. 'Het was de laatste nacht van zijn vakantie en de stem was nog luider geworden. Aan slapen viel niet te denken. Dus stond hij weer op, kleedde zich aan en liep de warme nacht in. Het enige doel dat hij kon bedenken was de

Arabische Nachten. Bij de ingang van de zaak stond de man met de pofbroek en de tulband, die vroeg: "Hebt u aan uw tegoedbon gedacht?"

"Ik wil alleen even een kijkje nemen," zei de toerist.

Hij kon niet zien of de zaak inderdaad met echte Arabische antiquiteiten was ingericht, omdat de flitsende stroboscopen hem te zeer verblindden. Op een klein podium danste een vrouw, die alleen een ketting met zilveren munten droeg. De muziek was heel hard en de gasten waren dronken. Het was geen gelegenheid waar hij zich op zijn gemak voelde.'

'De stommeling,' zei de koning. 'Nergens kun je beter vrouwen versieren.'

'Dat wist hij waarschijnlijk niet en daarom ging hij meteen weer naar buiten. Hij stond nog besluiteloos bij de ingang toen twee veiligheidsmensen een man naar buiten duwden en wegjoegen.

"Laat je hier nooit meer zien," zei een van hen. In elk geval klonk het alsof hij dat had gezegd.

De man was gevallen en krabbelde nu moeizaam overeind. Het was een heer op leeftijd in pak en das en hij maakte geen dronken indruk.

"Kan ik u helpen?" vroeg de toerist.

"Niemand kan mij helpen," zei de man.

Daarna zaten ze in de maneschijn samen onder een palm en de man in het kale pak vertelde zijn verhaal. Hij was beheerder in een museum geweest, een vaste baan zoals er in dit land niet veel waren. Maar hij was zijn betrekking kwijtgeraakt, ze hadden hem smadelijk weggejaagd en dat was allemaal de schuld van de Arabische Nachten, moge Allah de club vervloeken.

Hij was kunsthistoricus van beroep, de kunsthistoricus die de exploitanten van de nachtclub bij de inrichting had moeten adviseren. Maar ze wilden helemaal geen advies en peinsden er niet over naar hem te luisteren. Ze hadden alleen zijn naam en zijn titel gebruikt om er reclame mee te maken. De inrichting was afschuwelijk en absoluut niet zuiver van stijl, een vreselijk ratjetoe dat een doctor in de kunstgeschiedenis alleen tot schande kon strekken. Maar dat was niet het ergste. Wat moest je als de staat je zo slecht betaalde? Het ergste, dat wat zijn carrière had geruïneerd en hem zijn baan had gekost, was dat ze in zijn museum een flesje hadden gezien, een kostbaar, zeldzaam flesje van antiek glas, dat ze als voorbeeld wilden gebruiken voor een relatiegeschenk. En hij, moge Allah hem vergeven, was zo stom geweest om dat flesje uit te lenen. Honderd keer had hij hun op het hart gedrukt dat ze het terug moesten brengen, meteen, dezelfde dag nog, maar ze waren het kwijtgeraakt en konden het niet meer vinden. Zodoende had hij zich laten verleiden, moge Allah hem genadig zijn, om een vervalsing in de vitrine te zetten, een van de duizenden kopieën zoals die overal op het strand werden uitgedeeld. Maar hij had pech gehad. De verwisseling was natuurlijk ontdekt. Ze hadden hem op straat gezet en nu was hij al maanden werkloos, hij, een van de grootste deskundigen op het gebied van Safadische kunst.'

'Wat is Safadisch?' vroeg de koning.

'Geen idee,' zei de prinses. 'Het woord klonk alsof het goed in het verhaal zou passen.'

'Ga door,' zei de koning.

'Hij ging steeds weer naar de eigenaren van de Arabische Nachten toe, zei de trieste oude heer, die hadden zijn ontslag tenslotte op hun geweten en waren verplicht iets voor hem te doen. Maar ze lachten hem alleen maar uit en lieten hem zelfs de zaak uit gooien. Of dat geen schandaal was, vroeg hij aan zijn nieuwe vriend. Of dat geen gemene streek was, waarvoor Allah hen moest straffen?

"Ja, ja," zei de man, maar hij luisterde nauwelijks nog. Zou het kunnen, dacht hij de hele tijd, zou het kunnen dat het echte flesje op de een of andere manier tussen al die sprekend op elkaar lijkende kopieën terecht was gekomen? En dat het nu in de reistas op zijn hotelkamer lag? Dat hij een antieke schat bezat? Dat de stem die hij elke nacht hoorde niet uit zo'n elektronisch apparaatje kwam, maar dat die ... dat die ... dat die ...'

'Sinds wanneer stotter je?' vroeg de koning.

'De man stotterde,' zei de prinses. 'Als hij erg opgewonden was, overkwam hem dat zelfs in zijn gedachten. Hij had in zijn leven heel veel boeken gelezen en soms waren daar flessen in voorgekomen waar een machtige djinn in opgesloten zat.'

'Gin?' vroeg de koning. 'Zoals in gin-tonic?'

'Nee,' zei de prinses, 'een djinn is een machtige geest.'

'En die zit in een fles?'

'Omdat iemand hem erin heeft getoverd.'

'Wordt het een sprookje?' vroeg de koning argwanend.

'Zou je dat erg vinden?'

'Mij best,' zei de koning. 'Zolang het niet al te happy-happy wordt.'

'Wees maar niet bang,' zei de prinses. 'Hij krijgt Miss World niet.'

'Vertel dan maar verder,' zei de koning.

'Hij liet de heer op leeftijd gewoon zitten met zijn verdriet,' vervolgde de prinses, 'en nam een taxi terug naar het hotel. Omdat hij haast had en omdat hij daar te verlegen voor was, onderhandelde hij niet over de prijs en betaalde hij veel te veel voor de korte rit. Maar dat kon hem niets schelen. Hij rende de trap op, hield zijn oor tegen de deur van zijn kamer en luisterde. Het hotel was niet goed geïsoleerd, dat wist hij door de dreunende bassen en de tikkende waterleiding. Als de stem nog steeds praatte, zou hij hem op de gang moeten horen. Maar het was doodstil.

Hij deed de kamerdeur open en ging naar binnen. Hij had het licht nog niet aangedaan of de stem begon weer. Steeds dezelfde onbegrijpelijke zin. Uit zijn geruite reistas.

Het flesje lag onder de houten kameel en een met ingebrande ornamenten versierde leren riem. Heel voorzichtig haalde hij het tevoorschijn. Het leek in zijn handen te ademen, maar dat verbeeldde hij zich waarschijnlijk maar.

Hij schoof de map met de hotelprospectussen opzij en zette het flesje op de kleine tafel, de enige plek in de kamer waar je iets kwijt kon. Toen trok hij een stoel dichterbij en ging ervoor zitten.

Het flesje zei zijn zin. Steeds weer opnieuw. Misschien was het toch iets elektronisch.

Hij legde een vinger op zijn lippen en zei: "Sst." Het flesje verstomde.'

'Waarom?' vroeg de koning.

'Dat wist hij ook niet. Maar het had gewerkt. Hij was zo opgewonden dat hij ondanks de airco het zweet van zijn voorhoofd moest vegen. Overduidelijk, zoals je tegen een slechthorende of een buitenlander praat, zei hij: "Ik zou je graag willen verstaan." En meteen nog een keer: "Ik zou je graag willen verstaan."

Een paar seconden was er niets anders te horen dan de lage tonen uit de discotheek. Toen begon het flesje weer te praten.

"Oké," zei het. "Oké, oké, oké." Het zei dat natuurlijk niet echt. Het gebruikte nog steeds dezelfde onbegrijpelijke taal. Maar in zijn hoofd – hij had niet kunnen zeggen hoe – hoorde de man de woorden in zijn eigen taal. "Bij wijze van uitzondering," zei het flesje. "Maar dat telt dan meteen als je eerste wens. Laat dat duidelijk zijn." Nu de man de stem verstond, vond hij hem niet erg vriendelijk klinken.

"Wie ben je?" vroeg hij.

"Vertel me liever wie jij bent," antwoordde de stem. "Een grote sukkel, lijkt me. Al drie nachten praat ik tegen je en nu pas krijg ik antwoord. Als ik een keel had, zou ik intussen schor zijn."

"Het spijt me," zei de man.

"Daar koop ik niets voor," zei de stem.

"Ben je een djinn?"

"Nee," zei de stem, "ik ben je opoe. Kun je nog stommere vragen stellen? Natuurlijk ben ik een djinn. De machtigste djinn van allemaal."

"En waarom zit je dan in een fles?"

De stem antwoordde niet meteen. Toen zei hij geïrriteerd: "Erg tactvol ben je ook niet, hè? Kun je je niet voorstellen dat je aan bepaalde dingen niet graag herinnerd wordt?"

"Het spijt me," zei de man.

"Hou op met die excuses," zei de stem. "Maak liever die stomme fles open en laat me eruit."

De man slikte, want zoals gezegd was hij erg verlegen. Maar toen vroeg hij toch: "En wat krijg ik daarvoor?"'

De koning bromde tevreden. 'Tjonge,' zei hij. 'Hoe bestaat het. Het eerste verstandige woord dat die eikel zegt.'

'"Je krijgt een dreun voor je kop," zei de djinn, "als je niet onmiddellijk die fles openmaakt."'

'Pure bluf,' zei de koning.

'Dat dacht de man ook. Hij was, zoals gezegd, niet dom. Toch trilde zijn stem een beetje toen hij zei: "Is het niet gebruikelijk dat je daar iets voor krijgt? In boeken staat altijd ..."

"Boeken, boeken, boeken," bauwde de djinn hem na.

"Ik bedoel maar. Als ik jou uit die fles moet laten ..."

"Oké," zei de djinn. "Oké, oké, oké. Het gebruikelijke tarief. Drie wensen naar keuze. Dat wil zeggen: voor jou zijn het er nog maar twee."

"Hoezo?"

"Eén heb je er al als voorschot gehad. Het vermogen om Oudperzisch te verstaan. Daar zul je in je leven veel gemak van hebben als je iemand tegenkomt die die taal ook spreekt." De djinn lachte en dat klonk niet bepaald aangenaam.

Ik moet nu eigenlijk over de prijs onderhandelen, dacht de man. Maar daar had hij totaal geen talent voor. Nou ja, dacht hij, twee wensen is ook niet gek.'

'Hij had gewoon een miljoen wensen moeten eisen,' zei de koning.

'Dat kan niet volgens de kleine lettertjes,' zei de prinses. 'Zoveel wist hij wel uit zijn boeken. Twee wensen had hij nog over. Dat vereiste enig denkwerk.

"Vooruit, schiet op," zei de djinn.

"Ik moet nadenken."

"Bespaar je de moeite. Uiteindelijk wens je toch wat iedereen altijd wenst. Oneindige rijkdom en de liefde van de mooiste vrouwen."

"Zou ik die kunnen krijgen?" vroeg de man, die intussen heel klamme handen had.

"*No problemo,*" zei de djinn.

"En zouden ze me dan onweerstaanbaar vinden?"

"Zoeter dan Turkse honing."

"Als dat zo is ..." zei de man. In de minibar lag een flesopener. Daarmee kon hij vast ...'

'Ho,' riep de koning. 'Hoe kan iemand zo stom zijn. Met oneindige rijkdom kan hij alle vrouwen van de wereld kopen. Daar hoeft hij geen wens aan te verspillen.'

'Maar zouden ze van hem houden?'

'Als je genoeg betaalt,' zei de koning, 'doen ze dat ook.'

'Zoals je wilt,' zei de prinses. 'Dan gaat het verhaal zo verder: De man wikte en woog en kwam niet tot een besluit. De djinn in de fles werd steeds ongeduldiger en mompelde: "Er heeft zich al eens iemand doodgedacht."

"Ik kan gewoon niet beslissen," zei de man.

"Eeuwige gezondheid kan ik je ook aanraden. Dat wordt altijd graag gekozen."

"Ik weet het gewoon niet. Want ik heb maar twee wensen meer."

"Oké," zei de djinn. "Oké, óké, oké. Drie wensen. Het Oudperzisch doe ik er als bonus bij. Je bent een keiharde onderhandelaar."

"Ik kan er toch beter nog eens een nachtje over slapen," zei de man. En hoe hard de djinn ook schold en tierde, zijn fles bleef voorlopig verzegeld. Maar van slapen kwam niet veel terecht. Ten eerste was de man daar te opgewonden voor en ten tweede hoorde hij tot in de ochtendschemering de stem van de djinn. Het was weer steeds dezelfde zin, maar nu verstond hij hem. "Hallo," zei de djinn. "Hallo daar. Ik heb een aanbod voor je."

De volgende ochtend ging hij naar de eetzaal om te ontbijten en alleen al het idee dat de mooiste vrouwen van de wereld verliefd op hem konden worden, had hem zo veranderd dat de serveerster naar hem glimlachte. En deze keer niet uit medelijden.

Hij pakte zijn spullen bij elkaar, netjes, zoals hij gewend was. De fles met de verzegelde dop wikkelde hij zorgvuldig in drie onderbroeken en legde hij helemaal boven in de geruite reistas. De djinn protesteerde niet. Overdag was hij tot zwijgen gedoemd. Daarom had hij in het museum ook nooit iemand om hulp kunnen vragen. Dat ging altijd precies om vijf uur dicht.

De man betaalde zijn hotelrekening en de knappe jongedame bij de receptie glimlachte naar hem en zei: "Echt jammer dat u niet langer bij ons kunt blijven."

"Ja," zei hij, "echt jammer."

De hotelboy die zijn koffer naar de bus droeg – de reistas gaf hij niet uit handen –, gaf hij een royale fooi. Als ik eenmaal rijk ben, nam hij zich voor, zal ik ook iets doen voor de ontslagen museumbeheerder. Een pensioen of zo. Weliswaar weet ik zijn naam niet, maar als geld geen rol speelt, kan het niet moeilijk zijn die te achterhalen. Hij glimlachte tevreden en een vrouw die naast hem stond te wachten tot ze konden instappen, glimlachte zo hartelijk terug dat haar vriend heel nijdig werd.

Toen hij incheckte voor zijn vlucht, vroeg de stewardess: "Hebt u voorkeur voor een bepaalde zitplaats?" Dat was hem nog nooit overkomen.

Hij ging door de pascontrole en had net zijn papieren weer in zijn zak gestoken toen er een man in uniform op hem afkwam en zei: "Douane. Wilt u even meekomen, monsieur?"'

'Bij de uitreis word je nooit gecontroleerd,' zei de koning.

'Soms nemen ze steekproeven.'

'Goed om te weten,' zei de koning.

'De man moest met de beambte mee naar een kantoortje,' vervolgde de prinses, 'en daar zijn reistas uitpakken. De houten kameel, de riem, drie blauw beschilderde aarden kruiken.

"En wat zit daarin?" vroeg de beambte terwijl hij naar het pakje onderbroeken wees.

"Alleen een relatiegeschenk," zei de man. "Van een nachtclub. Arabische Nachten. Een flesje van plastic of zo."

Maar hij kon niet goed liegen en begon van opwinding te stotteren. "Volkomen waarde ... waarde ... waardeloos," zei hij.

"U hebt het anders wel goed ingepakt," zei de beambte. "Uitpakken!"

Er zat niets anders op. Zijn vingers trilden, zodat hij het flesje bijna liet vallen. De beambte pakte het, bekeek het van alle kanten en rook er zelfs aan. "Antiek," zei hij. "Hebt u er een certificaat bij?"'

'Bij de echte Chinese antiquiteiten hadden wij altijd certificaten,' zei de koning. 'Die leverde de fabriek in Taiwan er meteen bij.'

'De man had natuurlijk geen certificaat. En ook geen exportvergunning van het Marokkaanse ministerie van Cultuur. Het flesje werd in beslag genomen en hij mocht nog van geluk spreken dat hij niet werd gearresteerd en van kunstroof werd beschuldigd. De beambte was niet een van de ijverigsten en had de actuele lijst van verdwenen antiquiteiten niet bestudeerd. Daarop zou hij precies dat flesje hebben aangetroffen. Met de aantekening: "Door list uit een museum ontvreemd."

De man moest zonder flesje en zonder djinn terugvliegen naar huis. Hij werd niet rijk en de mooiste vrouwen van de wereld werden niet verliefd op hem.'

'Een triest einde,' zei de koning.

'Jij wilde het toch niet happy-happy,' zei de prinses. 'Maar het verhaal is nog niet helemaal uit. Een paar weken later las hij in de krant over het grote geluk van een eenvoudige Marokkaanse douanebeambte. Die had in de loterij drie keer achter elkaar de hoofdprijs gewonnen. Daarop had hij een paleis aan zee gekocht en was hij met Miss World getrouwd.'

'En die man heeft zich van kant gemaakt,' zei de koning.

'Dat was hij inderdaad van plan,' zei de prinses. 'Maar toen kreeg hij een leerstoel Oudperzisch aangeboden, met een goed salaris en recht op pensioen. Daar was hij ook heel tevreden mee.'

'Bijna raak is ook mis,' zei de koning. 'Heb je interesse in een echt antieke Chinese vaas? Ik heb ergens nog een paar kisten met die dingen staan.'

De zevende nacht

'Er was eens een man,' zei de prinses, 'die nog altijd bang was. Ze hadden hem een nieuwe naam gegeven, een nieuw verleden en een nieuw vaderland, maar als hij 's nachts een geluid hoorde, schrok hij nog altijd. Soms waren het ook zijn eigen kreten waar hij wakker van werd.'

'Hm ...' zei de koning. Hij lag op zijn zij, met opgetrokken knieën en zijn duim in zijn mond. Toen de prinses hem nog niet zo goed kende, had ze hem een keer zo zien liggen en gedacht dat hij in slaap was gevallen. Ze was gestopt met vertellen en haar nagels gaan lakken. Op het behang waren nog altijd de bloedrode sporen te zien waar hij het flesje lak tegen de muur had gesmeten.

Ze had dus haar lesje geleerd en ging door met vertellen. Ze deed haar best om haar stem niet te veel te verheffen en ook niet te veel te laten zakken. 'Waar hij nu leefde, waren veel vreemde geluiden,' zei ze. 'Ze hadden hem de hele wereld aangeboden, behalve zijn eigen land natuurlijk. Ze hadden als een soort catalogus een atlas voor hem neergelegd en hem gevraagd iets uit te kiezen. Hij had erin gebladerd zonder te weten wat hij eigenlijk zocht. Het moest alleen ver weg zijn, dat sprak vanzelf. Zo ver mogelijk weg.

Het eiland was hem opgevallen door de naam. De vele klinkers klonken naar zon en kruiden, naar vakantie en zwoele nachten waarin je met nieuwe vrienden aan het strand over van alles zat te praten. Alleen niet over dat ene.

Toen hij zijn keuze meedeelde, lieten ze niet merken wat ze ervan vonden. Niemand knikte instemmend en niemand leverde kritiek. Hij moest het helemaal zelf weten, zeiden ze.

Ook verder werd alles gedaan zoals hij het wilde. Dat was *part of the deal* en zij kwamen hun deel na. Alleen zijn naam had hij niet zelf mogen uitzoeken. Daar hadden ze geen goede ervaringen mee, zeiden ze. Je stopte er maar al te gauw iets van jezelf in, juist als je probeerde dat niet te doen, en zo liet je een spoor achter. Ze oefenden met hem tot hij op zijn oude naam niet meer reageerde en bij de nieuwe helemaal vanzelf zijn hoofd optilde. Ze deden erg hun best, ook al mochten ze hem niet. "Als iemand je morgen doodschiet, zullen we op je begrafenis geen traan laten," zeiden ze. Maar ze hadden hun beroepstrots.'

'Hm ...' zei de koning weer en hij trok de deken strakker om zich heen. Zolang hij het geluid van haar stem hoorde, zo wist ze uit ervaring, zou hij haar met rust laten.

'Op een gegeven moment,' vervolgde ze dan ook, 'gaf hij op alle vragen het goede antwoord, zelfs als ze hem daar midden in de nacht voor wakker maakten. Waar geboren, wanneer geboren, naam van zijn moeder, de eerste school en de laatste baan. Ten slotte zeiden ze dat hij klaar was. Meer konden ze niet voor hem doen.

Bij het afscheid gaf niemand hem een hand.

Toen hij op reis ging, was hij voor het eerst sinds maanden weer helemaal alleen. Bij de paspoortcontrole had hij het idee dat de beambte ongewoon lang naar de monitor staarde en de gegevens veel te uitgebreid controleerde. Maar toen schoof hij de nieuwe papieren, die er zo overtuigend oud uitzagen, weer naar hem toe en was hij met zijn aandacht al bij de volgende reiziger.

In het eerste vliegtuig viel hem een man op die zijn krant geen enkele keer omsloeg. Misschien las hij helemaal niet en wilde hij alleen zijn gezicht verbergen. Maar toen begon de man te snurken en was hij in slaap gevallen.

Hij moest drie keer overstappen, telkens op een nog kleiner

vliegveld. Op het eind waren er zo weinig reizigers dat iedereen die hem had willen volgen, hem beslist opgevallen zou zijn.

"Er was niemand," zei hij tegen zichzelf. "Dat zou ik gemerkt hebben." Toch keek hij steeds weer om.

Hij kwam met de postboot op het eiland aan. Behalve hij liet niemand zich aan land roeien. Een heel comité leek hem op te wachten, allemaal oude mannen. In een lange rij hurkten ze op de grond. Maar ze wachtten niet op hem. Ze wachtten helemaal nergens op. Hij leerde algauw dat ze daar elke maandag en elke donderdag zaten, altijd als de brieven aankwamen, waarvan er niet één aan hen was geadresseerd.'

De prinses geeuwde. Ze was moe en mocht toch nog niet stoppen met vertellen. De koning lag er roerloos bij, maar hij sliep niet. Hij zou nog lang niet slapen.

Ze probeerde haar stem zo monotoon mogelijk te laten klinken.

'Hij wende aan zijn nieuwe vaderland,' zei ze, 'aan de regen die soms dagenlang op het dak van golfplaten roffelde, en aan de insecten die bleven steken, zelfs als je ze al dood had geslagen. Hij wende eraan om telkens zijn schoenen uit te schudden voor hij ze aantrok, omdat de schorpioenen er graag in wegkropen. Hij wende aan het weke schildpaddenvlees en aan de kokosmelk, die algauw niet meer exotisch smaakte, maar alleen nog flauw. Hij wende aan alles.

Behalve aan de geluiden. De branding, natuurlijk, die hoorde hij niet meer, net zomin als het gezoem van de generator die het dorp van stroom voorzag. Maar er was een vogel die lachte als een oude man, hees, boosaardig en triomfantelijk. Op het eiland zeiden ze dat zijn roep geluk bracht, maar hem kneep het telkens de keel dicht, zodat hij als een drenkeling naar lucht moest happen. 's Nachts, als de golfplaten niet meer gloeiden van de hitte, rende er soms een beest over het dak en dan meende hij voetstappen te horen en brak het klamme zweet hem uit, welke temperatuur de thermometer ook aangaf. Er hoefde maar een hond te blaffen of een haan te kraaien en hij dacht al dat ze hem op de een of andere manier hadden gevonden, dat hij op de een of andere manier een fout had gemaakt en dat ze er nu aankwamen. Elke keer was hij er weer zeker van dat hij zou sterven.'

'Hm ...' zei de koning.

'Overdag was het niet zo erg,' zei de prinses. 'Zijn huis – het was maar een hut, maar ze hadden hem een huis beloofd en daarom noemde hij het ook zo –, zijn huis stond aan de rand van het dorp en als er iemand naderde, zag je hem van verre aankomen. De buren kwamen soms een praatje maken, niet omdat ze zich voor hem interesseerden, maar omdat hij een koelkast had en het bier bij hem koud was.

Het eiland had hem geaccepteerd. Hij was de vreemdeling en had daarmee zijn rol gevonden. Als 's maandags en donderdags de postboot kwam en de oude mannen op het strand hun erehaag vormden, boden ze hem weleens een stuk van de bittere wortel aan waar ze urenlang op zaten te kauwen, en ze lachten zonder tanden als hij vergeefs probeerde het bruine sap in een net zo grote boog uit te spugen als zij.

Hij had zich aangewend om bij de aankomst van de boot aanwezig te zijn, zij het om andere redenen dan de oude mannen. Voor hen was het niets anders dan het afscheuren van een kalenderblad, iets waarmee ze een beetje orde in hun lege dagen brachten. Maar hij was er uit voorzichtigheid. Op een andere manier dan met de boot kon je niet op het eiland komen, en mocht er een onverwachte bezoeker opduiken, dan wilde hij op tijd gewaarschuwd zijn.

Maar er dook niemand op. Tot op de dag ...'

Plotseling liet de koning een gesmoord geluid horen. Alsof hij zich in zijn eigen duim had verslikt. Hij kroop dieper onder zijn dekens en haalde weer rustig adem.

'... tot op de dag,' herhaalde de prinses, 'dat er een vrouw langs de touwladder omlaag klom. Ze deed het heel sportief en behendig, ook al was ze erg dik en droeg ze ondanks de hitte verschillende rokken over elkaar. De oude mannen schenen haar te kennen. Ze praatten opgewonden door elkaar en een van hen kwam zelfs overeind en rende zo hard als zijn oude benen hem konden dragen in de richting van het dorp.

"Wie is dat?" vroeg hij terwijl hij in het rond keek.

Hij kreeg geen antwoord.

"Wat zou ze hier willen?" vroeg een van de oude mannen verbaasd. "Er is toch niemand die een kind verwacht."

Naar de postboot roeien en de kleine postzak en de paar voorraden aan land brengen was een begeerd privilege. Echt, betaald werk was er op het eiland niet vaak en meestal nam de trotse ambtsdrager de tijd, hij roeide maar op halve kracht en om het belang van zijn taak te onderstrepen, schoof hij het beetje lading telkens weer goed. Vandaag was het anders. Hij roeide hard, alsof er een wedstrijd te winnen viel. De dikke vrouw zat op de achterplecht van de roeiboot. Ze was zo zwaar dat de boeg hoger uit het water stak dan anders.

Toen de kiel knerpend over het zand van de oever schoof, stonden twee van de mannen al tot aan hun knieën in het water om de bezoekster uit de boot te helpen. Ze duwde hun uitgestoken handen weg, sprong alleen uit de boot en stapte met natte rokken aan land. De beide grijsaards droegen de bagage achter haar aan, twee dichtgebonden, stoffen bundels.

Voor hem bleef ze staan, maakte haar wijsvinger nat en streek, als om de echtheid van zijn lichte huidskleur te controleren, over zijn gezicht. Ze lachte tegen hem, met een geel gebit vol gaten, en zei: "Kom eens bij me langs. Ik kan je helpen."

Toen draaide ze zich om en liep in de richting van het dorp. De mannen volgden haar in ganzenmars en uit de hutten renden de jongens haar al tegemoet. Het was net een parade.'

'Nee,' zei de koning.

'Waarom niet?'

'Nee, nee, nee,' zei hij.

‘Bevalt mijn verhaal je niet?’ vroeg de prinses.

‘Nee, alsjeblieft. Nee, nee, alsjeblieft.’ Hij trok zijn knieën nog hoger op en stak zijn duim weer in zijn mond. Waarschijnlijk had hij het toch niet tegen haar gehad.

‘De volgende dagen,’ vervolgde de prinses dus haar verhaal, ‘hoorde hij dat de dikke vrouw vroedvrouw en genezeres was, dat ze rotte kiezen trok en stukgelopen relaties heelde en, natuurlijk, dat ze de toekomst kon voorspellen, feilloos, zoals hem werd verzekerd. Ze liet zich door niemand ontbieden, voor geen goud, ze kwam uit zichzelf als ze nodig was en bleef tot haar werk erop zat. Deze keer wist niemand precies waarom ze naar het eiland was gekomen. Natuurlijk waren er de gebruikelijke ziekten, en ongelukkig verliefden zouden er altijd zijn. Maar de heks – zo vertaalde hij voor zichzelf het vreemde woord dat ze voor de vrouw gebruikten – leek zich voor te bereiden op een langdurig verblijf. Ze had haar intrek genomen in een hut aan het dorpsplein, die de bewoners haar dankbaar en zonder aarzelen ter beschikking hadden gesteld. Nu zat ze de hele dag met gekruiste benen in de schaduw van de ingang en leek op iets te wachten.

Of op iemand.

“Kom eens bij me langs,” had ze tegen hem gezegd. Maar dat zei ze waarschijnlijk tegen iedereen. Een charlatan heeft altijd nieuwe klanten nodig.

Hij wilde niet gaan, maar ging toen natuurlijk toch. Uit pure verveling. Zelfs als je ’s nachts steeds weer schrok en dan lang wakker lag, kon je niet de hele dag maar wat zitten suffen.

Ze tekende met een tak figuren in het zand en wiste ze gauw uit toen hij dichterbij kwam. Met een handgebaar nodigde ze hem uit om bij haar te komen zitten. Onhandig probeerde hij neer te hurken en ging toen toch maar liever scheef op de grond zitten.

“Je bent bang,” zei ze. Ze zei het in het Engels, in het muzikale dialect dat ze hier op de eilanden spraken, en bij het woord *fear* liet ze de r rollen.

"Zou je denken?" vroeg hij op de onschuldig schertsende toon die de mensen van de politie met hem hadden geoefend. Met zulke kwinkslagen hoefde hij bij haar niet aan te komen.

"*Fear for your life*," zei ze weer met haar rollende r. "Dat had je niet moeten laten merken."

De beste mensen hadden met hem geoefend en als ze alleen zijn oude naam had genoemd, zou hij geen spier hebben vertrokken. Maar die zin was zo onverwachts gekomen ...

"Ik had geen keus," zei hij.

"Dat kan best. Maar het zijn geen mensen die zoiets vergeten."

Ze sloeg er natuurlijk een slag naar. Ze had het uitgerekend. Een vreemdeling die zich hier op het eiland vestigde, moest voor iets op de loop zijn en een schuilplaats zoeken. Dat was nogal logisch. Ze had ongetwijfeld mensenkennis, dat gaf haar ook zoveel macht over die primitieve mensen. Uit de kleinste tekenen, uit gebaren of gelaatsuitdrukkingen maakte ze iets op en verkondigde dat dan met veel bombarie en poeha. Alsof een geest het haar in het oor had gefluisterd. Allemaal poppenkast.

"Je kunt niet slapen," zei de heks. "'s Nachts lig je te schreeuwen en loop je met een lamp rond je huis."

"Dat hebben ze je verteld."

"Natuurlijk," zei ze. "Maar dat was niet nodig geweest. Ik weet wat er met je aan de hand is."

Dat wist ze natuurlijk niet. Dat kon ze helemaal niet weten. Ze kon geen idee hebben van de deal die hij had gesloten om het vege lijf te redden. Die hij had móéten sluiten. Ze hadden hem in de tang. Helemaal in de tang. Zijn ballen in de bankschroef. Twintig jaar zou hij hebben gekregen. Of nog meer. Zonder kans op vervroegde vrijlating. "Je bent erbij geweest," hadden ze gezegd, "en van jou kunnen we het bewijzen." Over twintig jaar zou hij een oude man geweest zijn. Een versleten oude man. Nog net in staat op bittere wortels te kauwen en twee keer per week op een postboot te wachten. "We zorgen ook voor aardig gezelschap," hadden ze gezegd. "Zodat je je niet eenzaam voelt in je

cel. We zoeken precies de goeie voor je, reken maar."
Dat kon ze allemaal niet weten.
"Een vent," hadden ze gezegd, "die het prima vindt als al je tanden uit je mond zijn geslagen. Omdat je zonder tanden beter kunt pijpen. Twintig jaar," hadden ze gezegd. "Misschien ook meer."
"Dat kan best," zei de heks. "Het kan best dat je geen keus had. Maar denk je dat dat hen milder stemt?"
Hij had zijn verklaring achter een gordijn afgelegd, door een microfoon die zijn stem vervormde. Zijn naam was geen enkele keer gevallen, maar het zou voor hen niet moeilijk geweest zijn om erachter te komen. Aan het eind – het "levenslang" was al uitgesproken – had de rechter aan de veroordeelde gevraagd of hij nog iets wilde zeggen. "Eén ding," had hij geantwoord. "We krijgen hem te pakken. Waar hij zich ook schuilhoudt. Hij krijgt zijn verdiende loon. Ik ben een man van mijn woord."
Dat kon ze allemaal niet weten. Natuurlijk niet.
"Ik ben niet nieuwsgierig," zei de heks. "Ik weet al te veel en het is altijd hetzelfde liedje. Ik ben gekomen om je te genezen."
"Ik ben niet ziek."
"Om je angst te genezen."'
'Hm ...' zei de koning. Hij sliep nog steeds niet.
'Hij wist natuurlijk dat het onzin was,' vervolgde de prinses. 'Een gebroken been kun je genezen. Een ontstoken blindedarm. Maar angst?
Onzin.
Aan de andere kant ...
Als zijn buren bij hem op bezoek kwamen, voor de gezelligheid en omdat hij een koelkast had, dan betaalden ze hun koude bier graag met een verhaal. Op een keer hadden ze hem verteld over een visser die met zijn schip in de storm was gekapseisd, waarna de zee hem had opgeslokt als een grote muil. Ze hadden op het eiland al om hem getreurd, ze hadden juist, zoals hier de gewoonte was, zijn foto willen verbranden om zijn ziel te bevrij-

den, toen de heks was opgedoken. Met haar blote voeten had ze het vuur uitgetrapt. "Hij is niet dood," had ze gezegd. "Hij leert alleen een andere taal."

En inderdaad, zo hadden ze hem verteld, was de visser weer opgedoken. Meer dan een jaar nadat hij was verdwenen. En hij had een nieuwe taal geleerd. Niet meer dan twee woorden, maar toch. Zich vastklampend aan de wrakstukken van zijn boot had hij dagenlang op zee gedreven, tot een van die reusachtige vissersschepen hem had opgepikt en meegenomen. Helemaal naar Japan. *Sakana* betekende "vis" en *ukabu* betekende "zwemmen".

En de heks had het geweten.

Onzin.

"Je hoeft me niet te geloven," zei de heks. "Ik help ook degenen die aan me twijfelen."

"Hoe wil je dat doen?" vroeg hij en daarmee had hij al toegegeven. Net als toen ze hem wilden overhalen om als kroongetuige op te treden. "Daar moet ik over nadenken," had hij gezegd en ze hadden niet verder aangedrongen, omdat ze op dat moment wisten dat ze hadden gewonnen.

De heks greep onder haar rokken en haalde een klein pakje tevoorschijn, gewikkeld in krantenpapier en dichtgebonden met een touw van bast. Ze stak het hem toe. "Dat zal je van je angst afhelpen," zei ze. "Omdat je je niet meer hoeft af te vragen of het vandaag gebeurt of morgen. Als je het openmaakt zul je het uur weten."

"Welk uur?" vroeg hij.

"Het uur van je dood."'

De koning lag te woelen en worstelde met zijn laken. 'Nee,' kreunde hij. 'Nee, nee, nee, nee.'

De prinses glimlachte in het donker.

'Hij wilde het pakje niet aanpakken,' vertelde ze verder, 'maar pakte het toen toch aan. De heks wilde er niets voor hebben. Het geldstuk dat hij haar wilde geven, liet ze in het zand vallen. "Ik ben al betaald," zei ze.

Nog diezelfde dag liet ze zich naar de postboot terugroeien.'

'Ik wil niet,' zei de koning terwijl hij om zich heen sloeg. 'Laat me los.'

'Het was maar een droom,' zei de prinses.

De koning hoorde haar niet. Of misschien dacht hij dat de zin bij haar verhaal hoorde.

'Die nacht,' vertelde de prinses, 'sliep de man voor het eerst weer rustig. Hij werd pas wakker toen de zon al hoog aan de hemel stond.

Hij maakte het pakje niet open. Wat kon er ook in zitten? Een amulet misschien. Gekleurd zand en een handvol heelkruiden. Een gedroogd zeepaardje. Het deed er niet toe, zei hij bij zichzelf. Want één ding zat er beslist niet in. Dat wat ze hem had beloofd. Een vel papier waarop het uur van zijn dood stond. In zulke onzin geloofde hij niet.

Maar hij geloofde er toch in en werd een ander mens. Hij hoorde 's nachts de oudemannenvogel schreeuwen en dacht alleen: hij brengt me geluk. De katten die over zijn dak liepen, voerde hij etensresten. Waarom zou je bang zijn als van tevoren al vaststaat hoe lang je te leven hebt? Als je alleen een stuk bast hoeft door te knippen en een oude krant stuk te scheuren om het precieze uur te weten? Als alles al beslist is en je er niets aan kunt veranderen?

Hij kocht een boot en leerde vissen. Hij voer met de anderen de zee op en liet zich hartelijk uitlachen omdat hij zo onhandig was. Netten knopen kreeg hij niet onder de knie. Als er een dikke vis door de kapotte mazen glipte, was hij blij. "Goed gedaan," riep hij de vis dan achterna. De andere vissers, die zijn taal niet verstonden, dachten dat het een vloek was.

's Avonds zat hij met hen aan het strand, precies zoals hij het had gedroomd. Precies zoals het moest gaan op een eiland met zoveel klinkers. Ze stookten een vuurtje, bakten in palmbladeren gewikkelde vissen en dronken het koude bier uit zijn koelkast. Ze neurieden oude liedjes en praatten over van alles en nog wat. Alleen niet over dat ene. Het was niet belangrijk meer.

Zonder angst was het goed leven. Als hij toch een keer bang werd, dacht hij aan het pakje en dan was de angst meteen weer verdwenen. Hij had het onopvallende bundeltje in een trui gewikkeld en onder de andere truien gelegd, die hij hier geen van alle nodig had. Het was zijn kostbaarste bezit. In ruil daarvoor had hij de heks graag iets even kostbaars gegeven. Maar ze had niets willen hebben. "Ik ben al betaald," had ze gezegd.

Een goede daad betaalt zichzelf terug, dacht hij bij zichzelf. Hij merkte niet eens dat zoiets vroeger nooit in hem opgekomen zou zijn.

Na een tijd hield hij de afzonderlijke dagen niet meer bij, hij liet ze als vissen door de mazen glippen. Soms schoot hem pas 's avonds te binnen dat het maandag was geweest of donderdag, dat de postboot was gekomen en weer weggevaren. Hij wachtte niet op post. Waarom zou hij dan bij de oude mannen gaan zitten?

Later misschien, dacht hij. Als hij zelf oud geworden was. Als de roeispanen te zwaar voor hem werden en de netten te ruw. Dat was mogelijk, dacht hij. Het was mogelijk dat hij lang genoeg leefde om witte haren en vlekkerige handen te krijgen. Dat was allemaal al beslist. Misschien een langzaam uitdoven en misschien een plotselinge storm. Een gekapseisde boot en geen Japanse visfabriek die op tijd opdook. Het stond allemaal al vast. De dag en het uur.

Hij had het kunnen nakijken. Het pakje openmaken om het te weten te komen. Intussen twijfelde hij er niet meer aan. Hij was de enige mens ter wereld die van tevoren kon weten wanneer hij zou sterven.'

De koning was nu toch in slaap gevallen. Net een kind, dacht ze, dat je in slaap moet praten. Ze kruiste haar armen achter haar hoofd en deed haar ogen dicht. Ze was zo moe.

'Waarom vertel je niet verder?' vroeg de koning.

'Sorry,' zei de prinses.

'Hm ...' zei de koning.

'Ik weet niet hoeveel tijd er was verstreken,' zei ze. 'Meer dan een jaar. Misschien meer dan tien jaar. De tijd was niet belangrijk meer voor hem. Net zomin als voor de andere mensen op het eiland. Hij had hun taal zo goed geleerd dat hij er zelfs in droomde. Hij was gelukkig.'

De prinses streek met haar hand over haar ogen.

'Hij had volmaakt gelukkig kunnen zijn,' zei ze, 'als die nieuwsgierigheid er niet was geweest. Weten wanneer je zult sterven. De dag en het uur kennen. Tijd hebben of geen tijd. Plannen maken of geen plannen meer. Als er stond "Over twintig jaar", dan kon je ziek worden, de allerergste ziekte krijgen, zonder je zorgen te hoeven maken.

Maar misschien stond er niet "Over twintig jaar" of "Over tien", misschien stond er "Morgen" of "Vandaag". Daar schrok hij voor terug en hij liet het pakje liggen, al die jaren. Onder de truien, die al begonnen te schimmelen. Het was vochtig op het eiland, niet alleen in de regentijd.

Nieuwsgierigheid is net als schimmel. Ze groeit langzaam en wie er eenmaal last van heeft, raakt er nooit meer helemaal van af. En dus, op een dag ...'

'Hm ...' zei de koning en deze keer klonk het als een vraag.

'... op een dag haalde hij het pakje tevoorschijn en hield het lang in zijn handen. Het krantenpapier was geel en broos geworden. Voor het touw van bast had je niet eens een schaar nodig. Je hoefde alleen je vinger eronder te steken.

Hij liep zijn hut uit, die hij allang niet meer "huis" noemde, en hurkte op de grond. Helemaal in het begin had het hem vermoeiend geleken om zo te zitten. Nu vond hij het vanzelfsprekend. Hij legde het pakje voor zich in het zand en streek er met zijn hand over, alsof hij het wilde strelen.

Op dezelfde manier, schoot hem te binnen, had de heks toen voor haar hut gehurkt. Wat zou er van haar geworden zijn? Ze was sinds die dag nooit meer op het eiland gezien.

“Ik ben al betaald,” had ze gezegd.

Het tijdstip van zijn dood weten. De verleiding was te groot.

De bast scheurde bijna vanzelf.

De krant ritselde niet meer toen hij hem openvouwde. Daar was hij te vochtig voor geworden.

Een envelop, aan niemand geadresseerd.

Met de nagel van zijn duim scheurde hij hem open en vernam het tijdstip van zijn dood. Op de seconde precies. De seconde waarin de bombrief ontplofte.’

Het verhaal was afgelopen en de prinses leunde achterover in haar kussens.

‘Hm ...’ zei de koning. Toen tilde hij zijn hoofd op en keek haar aan.

‘Wanneer begin je eindelijk te vertellen?’ vroeg hij.

De achtste nacht

'Er was eens een man,' zei de prinses, 'die kon toveren.'

'Ik kan ook toveren,' zei de koning. Met enige moeite ging hij rechtop in bed staan en stak haar zijn lege handen toe. 'Zie je? Niets. En nu ...' Hij draaide wankelend om zijn as en toen hij zich weer naar haar toe keerde, hing zijn pyjamabroek op zijn knieën. 'Applaus graag,' zei hij. 'De grootste pik ter wereld.'

'Je bent dronken.'

'Ik heb gedronken,' zei de koning waardig. 'Dat is heel iets anders. Ik heb gedronken, maar ik ben niet zat. Ik kan namelijk goed tegen alcohol.' Om het te bewijzen probeerde hij op één been te staan. Hij viel en zijn elleboog raakte de prinses in haar gezicht. 'Doe niet zo kleinzerig,' zei hij, 'en vertel eindelijk je verhaal.'

'Er was eens een man ...'

'Twee flessen champagne,' zei de koning. 'Ik hou niet van champagne, maar soms hoort het er gewoon bij. Twee flessen. Van de duurste soort. Je hebt stijl of je hebt het niet.'

'Inderdaad,' zei de prinses. 'Je hebt stijl of je hebt het niet. Trek je broek weer op.'

'Je bent behoorlijk brutaal,' zei de koning. 'Wees blij dat ik in zo'n goede bui ben. Ik heb er vandaag namelijk iemand in geluisd. Afgezet volgens de regels van de kunst. Het vel zo over zijn oren getrokken dat je de sporen nog lang zult zien.'

'Proficiat,' zei de prinses.

'Twee flessen champagne.'

'Misschien moet je een derde laten komen. Je luistert toch niet als ik vertel.'

'Ik heb elk woord gehoord,' zei de koning. 'Een man die kan toveren. Een goed begin. Al zijn het natuurlijk allemaal maar trucs. Louter spiegels en dat soort gedoe.'

'Bij hem lag het anders,' zei de prinses. 'Hij kon het echt. Hij had het altijd al gekund. Vanaf zijn geboorte.'

'Een toverende baby.' De koning vond dat zo'n grappig idee dat hij de prinses op haar dijen kletste. 'Met een kruippakje en een hoge hoed.'

'Zo was het natuurlijk niet,' zei ze. 'Hij lag niet in een rokkostuum in de wieg kunstjes te vertonen. Maar als zijn duikelaartje uit zijn bedje viel, sprong het vanzelf weer in zijn handen terug. En zijn luiers waren altijd droog. Die nattigheid op zijn huid vond hij niet fijn en daarom deed hij er iets tegen. Zonder erbij na te denken. Hij was nog te klein om te denken.'

'Praktisch,' zei de koning.

'Onpraktisch,' zei de prinses. 'Want die altijd droge luiers baarden zijn ouders grote zorgen. Ze sleepten hun baby van de ene kinderarts naar de andere. Dat was geen pretje, want de onderzoeken waren vaak pijnlijk. En zo merkte hij voor het eerst dat het beter was om zijn gave te verbergen.'

'Als hij kon toveren, waarom liet hij die kinderarts dan niet gewoon verdwijnen?'

'Bij mensen werkte zijn gave niet,' zei de prinses. 'Alleen bij dingen. Als hij honger had, kon hij zich een appel voorstellen en die dan opeten. Of hem aan iemand geven in de hoop dat die ander hem aardig zou vinden. Maar dat werkte niet altijd. Toen een ander jongetje in de zandbak hem met zijn schep sloeg, kon hij hem niet tegenhouden. Hij kon alleen zorgen dat de schep zacht werd, zodat het niet zo'n pijn deed.'

'Mijn schep wordt nooit zacht,' zei de koning.

'Dat weet ik,' zei de prinses.

'Twee flessen champagne. En een biertje om het weg te spoelen. Maar als ik wou, zou ik nu ter plekke kunnen.'

'Wil je het meteen bewijzen,' vroeg de prinses, 'of moet ik verder vertellen?'

'Eerst vertellen. De nacht is nog lang.'

'Helaas,' zei de prinses. Maar dat zei ze alleen in gedachten.

'Ga gerust door met je verhaal. Ik wil je plezier niet bederven.'

'Hartelijk bedankt,' zei de prinses. 'Toen de jongen naar school ging, had hij al twee dingen begrepen. Ten eerste dat de andere kinderen niet over dezelfde gave beschikten als hij, zoals hij aanvankelijk als vanzelfsprekend had aangenomen. En ten tweede dat het raadzaam was om zijn talent alleen heel discreet en onopvallend te gebruiken. Hij deed dus altijd eerst de deur van de kinderkamer dicht en toverde dan pas zijn huiswerk in elkaar. Dat duurde weliswaar niet langer dan een minuut, maar daarna bleef hij telkens nog een half of een heel uur aan zijn bureautje zitten en deed of hij ijverig en ingespannen zat te schrijven. Anders hadden ze gevraagd waarom hij zo vlug klaar was. Vanwege zijn keurig bijgehouden schriften vonden de leerkrachten hem een modelleerling.'

'En zijn klasgenoten vonden hem een hufter,' zei de koning.

'Precies. Ze mochten hem niet. Een tijdje probeerde hij krampachtig een slechtere leerling te worden, maar dat maakte hem er niet populairder op.'

'Vertel mij wat over modelleerlingen,' zei de koning. 'Ik was altijd degene die ze aftuigde.'

'Hij werd vaak afgetuigd,' zei de prinses. 'En uitgelachen. Vooral omdat hij zo slecht was in gym. Hij had de bok waar hij niet overheen kwam, natuurlijk wel lager kunnen toveren, maar dat was vast iemand opgevallen en de vragen die hij dan had gekregen, waren nog onaangenamer geweest dan het gelach.

Hij was een verlegen jongen en daar kon hij ook met zijn gave niets aan veranderen, hoewel hij alles deed om anders over te komen dan hij was. Een paar dagen verstopte hij zich op weg naar school achter een bosje en toverde hij de hipste merkkleding aan zijn lijf. Maar dat had alleen tot gevolg dat hij nu niet meer gewoon het papkindje van de klas was, maar het verwende papkindje, het papkindje met te veel zakgeld, en de pakken slaag werden er niet minder om. Toen de sterkste jongen van de klas hem een keer een stomp in zijn maag wilde geven, toverde hij razendsnel een harnas onder zijn trui en brak de andere jongen twee vingers. Maar dat bleef een eenmalige triomf.'

'Een stomp in de maag levert niets op,' zei de koning. 'Je moet ze van boven raken.' Terwijl hij op zijn rug lag, demonstreerde hij een linkse en een rechtse hoek. 'En als hun dekking dan omhoogkomt ... met je knie keihard in hun ballen.'

'Je hebt vast gelijk,' zei de prinses.

'Mij maak je wat dat betreft niets wijs.'

'Dat geloof ik graag,' zei de prinses. 'De jongen leerde zich niet te verdedigen. Als er twee of drie boven op hem zaten en de anderen er met hun mobieltje omheen stonden om de grap te filmen, toverde hij soms een paar seconden een kussen onder zijn hoofd. Iets beters kon hij niet bedenken. Aan het eind van zo'n dag speelde hij dan urenlang computerspelletjes waarin je booswichten zo bloedig mogelijk om zeep moest helpen. Maar algauw had hij ook daar geen lol meer in. Spelletjes die je altijd wint, gaan vlug vervelen. En als je kunt toveren, win je natuurlijk altijd.'

'Die gast is een idioot,' zei de koning. 'Als ik kon toveren ...' Hij zweeg plotseling. 'Kijk eens,' zei hij. 'Als ik er maar aan denk, krijg ik al een stijve. Voel eens.'

'Nee, dank je,' zei de prinses.

'Als ik kon toveren, zou ik ... zou ik ... Kan hij de lottogetallen voorspellen?'

'Voorspellen niet. Maar wel de ballen zo manipuleren dat zijn getallen getrokken worden.'

'Zie je,' zei de koning, 'dat moet je hebben. Elke week zes goede. In alle loterijen ter wereld. Dan kan hij Bill Gates inhuren om zijn achterwerk af te vegen.'

‘Geld interesseerde hem niet.’

‘Ik zei het al: een idioot.’

‘Hij had graag populair willen zijn.’

‘Dat was toch geen probleem geweest. Steek je sigaar aan met een vijfhonderdje en de vrouwen staan in de rij.’

‘Jammer dat hij jou niet heeft gekend,’ zei de prinses. ‘Jij had hem vast een hoop goede adviezen kunnen geven.’

‘Neem je me in de maling?’ De koning kwam overeind en begon plotseling te schreeuwen. ‘Neem je me in de maling?’

‘Nee,’ zei de prinses.

‘Ik had anders wel de indruk,’ zei de koning. ‘Ik mag dan zat zijn, maar ik ben niet stom. Nog één keer zo’n opmerking en je kunt kijken of je er met een gebroken neusbeen beter uitziet.’

‘Sorry,’ zei de prinses.

‘Wees blij dat ik in zo’n goede bui ben. Ook al smaakte de champagne naar slootwater. Als ik kon toveren, zou er in elke champagnefles bier zitten. Zo, en ga nu maar verder met je verhaal.’

‘De man werd volwassen,’ zei de prinses, ‘en hij werd steeds eenzamer. Wie kan toveren, heeft niet veel redenen om onder de mensen te komen. Zelfs niet om boodschappen te doen. Hij had wel altijd genoeg geld en hoefde daarvoor niet eens lotto te spelen, hij kon het geld gewoon in zijn zak toveren. Maar waarom zou hij naar een winkel gaan? Als hij honger had, stond wat hij wenste al op tafel en als hij iets nieuws nodig had om aan te trekken, hoefde hij er maar aan te denken en het hing al in zijn kleerkast.

Helaas had hij in culinair en modieus opzicht niet veel fantasie. Daarom at hij altijd alleen dingen die hij kende, ook al smaakten ze hem allang niet meer. En hij liep elke dag in dezelfde slobbertrui. Omdat de noodzaak ervoor ontbrak, leerde hij ook nooit een beroep. En hobby’s hebben geen zin als elke verzameling altijd meteen compleet is en elk knutselwerkje altijd meteen klaar.

Hij toverde in elke kamer een tv, die allemaal de hele dag aanstonden, en toch verveelde hij zich stierlijk.'

'Een idioot,' zei de koning.

'Dat veranderde,' zei de prinses, 'toen hij op een dag naar de bakker ging om vers brood te kopen.'

'Waarom toverde hij dat niet gewoon tevoorschijn?' vroeg de koning argwanend. Helemaal in het begin had hij de prinses uitgelegd dat verhalen spelregels hadden, en hij liet zich niet belazeren.

'Hij was vergeten hoe brood moest smaken,' zei de prinses. 'Hij kreeg het nog wel altijd warm en knapperig op tafel, maar de laatste tijd was het hem opgevallen dat er iets niet klopte. De smaak werd met de dag laffer en ten slotte had hij net zo goed op een spons kunnen kauwen. Hoe meer hij zich de goede broodsmaak probeerde te herinneren, hoe minder het lukte, en wat je je niet meer kunt voorstellen, dat kun je ook niet meer tevoorschijn toveren.'

'Het wordt toch geen triest verhaal, hè?' vroeg de koning. 'Ik ben in een goede bui en als je die verpest, krijg je ervan langs.'

'Het wordt een liefdesverhaal,' zei de prinses. 'Bij de bakker stond namelijk een verkoopster achter de toonbank, die hem de mooiste vrouw leek die hij ooit had gezien. Toen ze hem zijn brood gaf, glimlachte ze naar hem – uit pure beleefdheid, maar dat wist hij niet – en hij was op slag verliefd op haar.'

'Krijgen ze elkaar aan het eind?' vroeg de koning.

'Zou je dat leuk vinden?'

'Ik ben in de stemming voor een happy end.' Hij rekte zich behaaglijk uit en ging in een nog makkelijker houding liggen, waarbij hij een harde scheet liet. 'Dat is die verdomde champagne,' zei hij. 'Ik had dat spul niet moeten drinken.' De prinses was graag een eindje bij hem vandaan geschoven, maar dat durfde ze niet.

'De jongeman,' vervolgde ze dus, 'was niet gewend met vrouwen om te gaan. Uit boeken wist hij dat het gebruikelijk was om je beminde cadeautjes te geven en daarom toverde hij een ring met een grote briljant op de toonbank van de bakker. Door de etalage zag hij hoe ze het sieraad vond en schijnbaar van enthousiasme geen woord kon uitbrengen. In elk geval maakte ze een erg opgewonden indruk. Toch stak ze de ring niet aan haar vinger, zoals hij had gehoopt, maar ze wikkelde hem in een paar velletjes broodpapier en stopte hem in haar handtas. Daarna rende ze de winkel uit. Hij volgde haar onopvallend en was heel teleurgesteld toen hij merkte dat ze haar vondst bij de politie afgaf. Twee dagen later stond er in de krant dat een eerlijke vinder een ring met een reusachtige briljant ter waarde van ettelijke miljoenen had afgegeven, maar dat nog niemand de ring had gemist. Om al te veel complicaties te voorkomen moest hij nog een keer toveren en hij was pas gerust toen er in diezelfde krant stond dat de briljant, waarvan men gedacht had dat hij echt was, bij nader onderzoek toch een imitatie bleek te zijn.

Hij kocht in die dagen heel veel brood. De verkoopster, die net zo beroepsmatig met haar klanten babbelde als dat ze naar hen glimlachte, zei op een gegeven moment tegen hem dat hij vast een groot gezin had. Hij werd heel rood en verlegen en antwoordde na enig aarzelen dat hij vrijgezel was en helemaal alleen. Maar om te zorgen dat ze niet dacht dat hij een slome duikelaar was, voegde hij er vlug aan toe dat hij natuurlijk vrienden had, heel veel vrienden zelfs, en dat ze elkaar geregeld zagen en feestvierden en erg veel lol hadden. Omdat hij zijn brood altijd met een groot bankbiljet betaalde – hij vergat geregeld kleingeld in zijn portemonnee te toveren –, dacht de verkoopster dat hij een rijk man was en daarom zei ze dat feestvieren en lol hebben haar ook wel zou lijken. En voor hij er erg in had, had hij haar uitgenodigd voor een party bij hem thuis en had ze de uitnodiging aangenomen.'

'Wat heb ik je gezegd!' luidde het commentaar van de koning. 'Wie naar geld stinkt, heeft geen aftershave nodig.'

'De jongeman was heel opgewonden,' zei de prinses, 'want

wat een echte party was, wist hij alleen van tv. Eerst richtte hij zijn woning opnieuw in. Het had hem nooit echt geïnteresseerd hoe het er bij hem uitzag – met magische krachten blijft ook een helemaal doorgezeten bank nog comfortabel –, maar nu kopieerde hij uit catalogi en tijdschriften zo'n elegant interieur dat hij zelf amper nog op een stoel durfde te gaan zitten. In de badkamer waren de kranen van goud en in de keuken stond een gigantische koelkast vol kaviaar en champagne.'

'Praat me niet van champagne,' zei de koning. 'Ik word al misselijk als ik eraan denk.'

'Aan de muren hingen schilderijen van beroemde schilders, die hij zo bedrieglijk echt tevoorschijn had getoverd dat iedere museumdirecteur ter wereld ze meteen had willen kopen. Op een schoorsteenmantel stonden zilveren lijstjes met gesigneerde foto's, waarop hij arm in arm stond met prominente politici en sporters. Geen detail ontging hem. Voor het geval dat er iemand in zijn privévertrekken zou rondsnuffelen, vulde hij zelfs hele kleerkasten met designkleding van de duurste modeontwerpers. Het duizelde hem bij het idee dat de mooie verkoopster uit de bakkerij in zijn slaapkamer kon komen.

Dat ging allemaal nog zonder veel problemen. Veel moeilijker was het om gasten voor de party te vinden. Vrienden had hij niet en zelfs aan kennissen, zoals ieder ander die heeft, ontbrak het hem.'

'Ik heb veel vrienden,' zei de koning, 'maar ik vertrouw ze niet.'

'De oplossing die hij ten slotte vond,' zei de prinses, 'was dat hij verschillende agentschappen belde en zich uitgaf voor de assistent van een filmmagnaat uit Hollywood.'

'En dat geloofden ze?'

'Hij toverde een nummer met het kengetal van Los Angeles op het scherm van hun telefoon.'

'Geen slechte truc,' zei de koning. 'Maar ik weet zeker dat dat ook zonder tovenarij lukt. Met de computer kun je tegenwoordig bijna alles.'

'Ze waren in Europa bezig met een film, zei hij tegen de agentschappen. Ze zochten daar lokale acteurs voor en organiseerden daarom een kennismakingsparty. Uiteraard waren ze bereid de agentschappen goed te betalen voor hun moeite. Ze zochten jonge, aantrekkelijke mensen met heel veel charme.'

'Mensen zoals ik,' zei de koning. Het was niet duidelijk of hij dat ironisch of serieus bedoelde. Hij wreef peinzend over zijn buik en vroeg: 'Vind je me dikker geworden?'

'Het staat je goed,' zei de prinses diplomatiek.

'Mij staat alles goed,' zei de koning. 'In elk geval heeft nog geen enkele vrouw zich beklaagd.' Hij wilde nader op het onderwerp ingaan, maar de prinses vertelde vlug verder.

'Op de party verliep alles zoals hij had gedroomd. Er waren een heleboel acteurs gekomen, onder wie ook een paar die hij weleens op tv had gezien. Ze aten de kaviaar met grote lepels zo uit het blikje en dronken ...'

'Alsjeblieft niet,' zei de koning.

'... alles wat ze maar in de koelkast vonden. Die werd niet leger, hoe vaak ze ook iets pakten. Omdat het acteurs waren en omdat ze dachten dat hij rollen te vergeven had, behandelden ze de gastheer als hun beste kameraad, praatten met hem en sloegen hem steeds weer vriendschappelijk op zijn schouder. Ze verdrongen zich om hem zodat hij geen kans kreeg ook maar een woord met de verkoopster te wisselen. Maar hij zag haar toch af en toe vanuit de verte en had de indruk dat ze hem met heel andere ogen bekeek.'

'Heb ik het niet gezegd!' De koning had gelijk gekregen en dat vond hij leuk. 'Geld stinkt, maar het is een stank waar de mensen van houden.'

'Sommige mensen,' zei de prinses.

'De meesten,' zei de koning.

'Op een gegeven moment viel het hem op,' vervolgde ze, 'dat

zijn beminde was verdwenen. Met de smoes dat hij zijn baas in Hollywood moest bellen liet hij zijn nieuwe vrienden staan en ging hij naar haar op zoek. Hij vond haar in zijn slaapkamer ...'

'... waar ze in bed op hem lag te wachten,' vulde de koning aan.

'Nee,' zei de prinses. 'Ze lag wel in bed, maar niet alleen. Een van de gasten lag met een schokkend achterwerk boven op haar. Toen de deur openging, riep hij "Bezet" en de verkoopster lachte. De man die kon toveren, herkende de gast. Het was ook een acteur. In een tv-serie speelde hij de minnaar die alle vrouwenharten breekt.'

'Hopelijk gaf hij hem een pak slaag en schopte hij hem eruit,' zei de koning.

'Nee,' zei de prinses. 'Daar was hij de man niet naar. Hij deed de deur weer dicht en verliet heel zachtjes het huis. Na een poosje bedacht hij dat het beter was om het mooie interieur samen met de altijd gevulde koelkast weer te laten verdwijnen en dat deed hij dan ook. Hij stapte in een trein zonder te vragen waar die heen ging en kwam nooit meer terug in die stad.'

'Een idioot,' zei de koning.

'Een teleurgestelde minnaar.'

'Dat is hetzelfde,' zei de koning. 'Bovendien is het nu toch een triest verhaal geworden en ik heb uitdrukkelijk een happy end besteld.'

'Het is nog niet uit,' zei de prinses.

'Dat mag ik hopen,' zei de koning. 'Ik laat mijn goede humeur niet door jou verpesten.'

'Een poosje ging het heel slecht met hem,' zei de prinses. 'Vaak zat hij urenlang ergens in de zon of de regen. Hoe je daarna weer droog wordt, had hij als baby al geoefend. Als er een bus langskwam, stapte hij in en liet zich zomaar ergens mee naartoe nemen. Ongelukkig kun je overal zijn, dacht hij.

Hij sliep waar hij toevallig terechtkwam. Als hij moe werd, ging hij gewoon op de kale grond liggen en vergat steeds weer dat hij ook een bed of ten minste een warme deken tevoorschijn had kunnen toveren. Toch zag hij er nooit als een zwerver uit, want hij hoefde er maar aan te denken en hij was al gewassen en geschoren en zijn kleren waren uit gewoonte elke morgen gewassen en gestreken. Als hij wakker werd, legde hij een stuk brood in zijn hand en zat dan zonder eetlust op de smakeloze massa te kauwen. Hij was al weer vergeten hoe echt brood moet smaken en om zijn geheugen op te frissen had hij naar een bakker gemoeten. Maar hij was bang voor de herinnering.

Op een keer – hij had niet kunnen zeggen waar hij was – zat hij weer langs de kant van de weg in een bushokje en hoopte dat het nog lang zou duren voor er een bus kwam. Zoals andere mensen in hun neus peuteren of aan hun nagels zitten te knippen, liet hij ongemerkt op zijn vlakke hand een gekleurde bol verschijnen en weer verdwijnen. Verschijnen en weer verdwijnen. Verschijnen en weer verdwijnen.

Opeens zei een stem: "Dat is een leuk trucje."

Hij keek op en zag een jonge vrouw met een helm en een leren pak. Naast het bushokje stond een motor op de standaard. Hij had de vrouw helemaal niet aan horen komen. Ze haalde een opgerold affiche uit de zadeltas en bevestigde het met plakband op de glazen wand van het hokje. Het was het affiche voor een circus dat in de buurt optrad.

"Een leuk trucje," herhaalde ze. "Kun je er nog meer?"

"Ik kan alles tevoorschijn toveren," zei hij, niet om op te scheppen, maar omdat ze een gezicht had waartegen je alleen de waarheid kunt zeggen.

"Tover dan eens een broodje voor me," zei de vrouw. "Ik heb honger."

"Met plezier," zei hij. "Maar het smaakt u vast niet. De laatste tijd lukt het brood me niet meer zo goed."

"Het mag ook een gebraden kippetje zijn," zei ze lachend. En omdat ze het gezicht had dat ze nu eenmaal had, vergat hij zijn voornemen om zijn gave alleen in het geheim te gebruiken en vervulde hij haar wens.

Eerst lag het geurige, knapperige kippetje gewoon op de bank. Toen ze aarzelde en niet toetastte, bloosde hij en zei: "Sorry", waarna er ook een bord, bestek en een wit servet lagen.

Ze bleef een hele tijd naar die onverwachte maaltijd staan kijken. Toen haalde ze haar schouders op, ging naast hem op de bank zitten en zei: "Maar dat kan ik niet in m'n eentje op. Heb je nog een bestek in je mouw?"

Ze zaten zwijgend te eten. De bus kwam, maar ze lieten hem voorbijrijden. Ze zag er dorstig uit, dus maakte hij twee volle glazen, en ze klonken met elkaar. Het kippetje was goed gelukt, dat was aan haar te zien. Als ze aan een bot knaagde, krulde haar neus en deed ze een beetje denken aan een konijn met een wortel. Dat vond hij onweerstaanbaar. Ze had een heleboel zomersproeten. Toen ze genoeg hadden, stapten ze samen op haar motor en reden ze weg.

"Jij moet eigenlijk ook een helm hebben," zei ze en op hetzelfde moment had hij er al een op.

Ze reden naar het circus waar ze werkte en daar ...'

'De rest kan ik zelf wel bedenken,' zei de koning. 'Hij trad op als tovenaar en omdat hij echt kon toveren, was hij binnen de kortste keren wereldberoemd.'

'Nee,' zei de prinses. 'De motorhelm was het laatste wat hij in zijn leven tevoorschijn toverde. Hij gebruikte hem nog jaren. In het circus ruimde hij de stront op als een olifant midden in een optreden zijn behoefte had gedaan, en als de toeschouwers na de voorstelling vertrokken waren, veegde hij tussen de banken de pindadoppen en de houten stokjes van de suikerspin bij elkaar. Hij was heel gelukkig.'

'En de vrouw met de zomersproeten?' vroeg de koning.

'Wil je dat die twee trouwen?'

'Ik wil ...' De koning drukte plotseling zijn hand tegen zijn mond. 'Die verdomde champagne,' kon hij nog net zeggen. Toen was hij al uit bed gesprongen en de kamer uit gerend. Ze hoorde hem kokhalzen.

'En als ze niet gestorven zijn,' zei de prinses zachtjes, 'dan leven ze nu nog.'

De negende nacht

'Er was eens een man,' zei de prinses, 'die wist wanneer de wereld zou vergaan.'

'De wereld vergaat niet,' zei de koning. 'Het wordt alleen een steeds grotere puinzooi. Weet jij hoe je vlekken uit de autobekleding krijgt?'

'Dat hangt van de vlekken af.'

'Als iemand een klap met een 32mm-steeksleutel op zijn kop krijgt en achterover door een open portier valt ... spuit er dan tomatensaus uit?'

'Bakpoeder,' zei de prinses. 'Een beetje natmaken en bakpoeder erop. Liefst zolang het bloed nog vers is.'

'Shit,' zei de koning. 'Waarom weet ik dat niet? Als die auto niet meer tiptop wordt, mag de wereld voor mijn part echt vergaan.' Zijn sigaar wilde alweer niet branden en hij knipte met zijn vingers omdat hij wilde dat ze hem de lucifers op het nachtkastje aangaf. Als hij in bed pafte, wist de prinses dat hij echt rottigheid had gehad.

'Zal ik een verhaal vertellen?' vroeg ze.

'Vertel maar,' zei de koning.

'De man die wist wanneer de wereld zou vergaan,' zei de prinses, 'was de oudste van drie broers. Hij kwam op een dag heel opgewonden terug uit de stad en vertelde dat hij groot nieuws had. De wereld zou vergaan. Op 31 december, precies om twaalf uur 's nachts. Dat had een boeteprediker op de grote markt gezegd.'

'Op de grote markt?' vroeg de koning achterdochtig. 'Waar de parkeergarage altijd vol is en de politie je al op je nek zit als je er vijf minuten je auto laat staan?'

'Het verhaal speelt zich duizend jaar geleden af,' zei de prinses. 'Toen had je nog geen auto's en parkeergarages. De man had op de markt een drachtige koe willen kopen en in plaats daarvan naar een preek geluisterd. Van een monnik zonder schoenen en met een kapotte pij. Hij had zijn voorspellingen alleen al geloofwaardig gevonden omdat die prediker scherpe stukjes metaal in de touwen van zijn gesel had gevlochten en daarmee tot bloedens toe op zijn rug had geslagen.'

'Bakpoeder,' zei de koning. 'Zolang de vlekken nog vers zijn.' Tegen zijn gewoonte in lachte hij niet om zijn eigen grap. Hij moest heel veel rottigheid gehad hebben.

'"Sinds de geboorte van de Verlosser," had de prediker gezegd, "is Satan, de oude slang, geboeid. Zo staat het geschreven. Hij is voor duizend jaar in de afgrond geworpen, die boven hem is verzegeld. Zo spreekt de Heer. Maar als de duizend jaar voorbij zijn, moet hij voor korte tijd worden losgelaten. Zo staat het in de Openbaring. Dan trekken Gog en Magog ten strijde, ze worden verslagen en met hen het kwaad. En dan begint het laatste oordeel."'

'Je bent goed op dreef,' zei de koning waarderend. 'Ik wist niet dat je de Bijbel las.'

'In mijn beroep overnacht je vaak in hotels,' zei de prinses. 'Daar ligt meestal niets anders.'

De koning trok en trok. Zijn sigaar wilde maar niet branden.

'"De wereld zal vergaan," had de prediker verkondigd. "Midden in de nacht die volgt op de laatste dag. Op de laatste dag van het jaar 999. Met het jaar 1000 begint er dan een nieuwe tijd."'

De koning spuugde een tabakskruimel op het bed.

'Toen de man zijn broers over de voorspelling vertelde,' zei de prinses, 'geloofde de ene hem onmiddellijk. In het voorjaar was er namelijk een komeet aan de hemel gezien en dat betekende onheil. Een kip had een ei gelegd met geheimzinnige tekens op de schaal, die zelfs de eerwaarde abt niet had kunnen lezen. Ook ging er een gerucht over een kalf met zes poten. Nu waren al die dingen verklaard. Het waren aankondigingen geweest van het einde van de wereld.

De andere broer, de jongste van de drie, lachte schamper en zei: "We zijn toch geen oude wijven die elke keer als er een rat door het stro loopt, de duivel zien. Het is nog lang geen december. Laten we eerst de oogst maar eens binnenhalen, daarna zien we wel verder."

"Je bent een ketter," zei de oudste. "Altijd al geweest. Maar als de Heer dan de bokken van de schapen scheidt, zul je spijt hebben." En de middelste zei dat de tekenen niet duidelijker konden zijn.

Ze gingen niet meer naar het land, want waarvoor zou je de schuren nog vullen als binnenkort in het paradijs de gebraden duiven in je mond vliegen? En als je niet in het paradijs wordt toegelaten, maar in de vurige poel van de hel wordt gegooid, heb je al helemaal niets aan zulke wereldse voorraden. Nee, zeiden de twee, zij hadden wel wat beters te doen dan koren maaien en appels plukken. Daar hadden ze nu geen tijd meer voor. Ze bereidden zich voor op de ondergang van de wereld, ieder op zijn manier.'

'De wereld vergaat niet,' zei de koning. 'Alleen de leuke dingen gaan eraan. Ik weet zeker dat ik die vlekken er nooit meer uit krijg.' Eindelijk brandde zijn sigaar. De rook steeg langzaam omhoog en werd op weg naar het plafond onzichtbaar.

'De oudste broer,' vertelde de prinses, 'die de prediker zelf had gehoord en zijn bloedende wonden met eigen ogen had gezien, besloot boete te doen. "Wij zijn allen zondaars," had de monnik gezegd, en hoe langer de man nadacht, hoe meer zonden hem te binnen schoten. Hij trok dus een hemd aan van het ruwste vilt dat hij kon vinden en liep, met erwten in zijn schoenen, elke dag één keer de kruisweg. Als zijn voeten dan bloedden, knielde hij in de kerk voor het altaar en zei alle gebeden op die hij zich kon herinneren. Dat waren er niet veel, want hij was geen geleerd man. Maar hij herhaalde ze des te vaker.'

'Waar is dat goed voor?' vroeg de koning.

'Vergeving,' zei de prinses. 'Genade. Hij verwachtte binnenkort voor het laatste oordeel te staan en dan wilde hij niet bij de verdoemden horen.'

'Helemaal verkeerd,' zei de koning. 'Als je voor de rechtbank op de berouwvolle toer gaat, kun je net zo goed meteen een bekentenis tekenen. Wat je nodig hebt, is een advocaat die alle trucjes kent.'

'Hij dacht waarschijnlijk dat daar geen trucjes voor waren.'

'Trucjes zijn er altijd.' De koning sprak uit diepe overtuiging. 'Maar die zogenaamde spijtbetuigingen halen niets uit.'

'De man deed niet alleen boete,' zei de prinses, 'hij gaf ook al zijn bezittingen weg.'

'Wat?' zei de koning en hij greep naar zijn gouden horloge, alsof hij het wilde beschermen.

'Hij wachtte niet tot de bedelaars bij hem kwamen – en er waren veel bedelaars in die tijd – maar zocht ze op, hij liep ze regelrecht achterna en drong ze alles op wat hij had. Het geld in zijn buidel en zelfs de ringen aan zijn vingers.'

'Onder curatele stellen,' zei de koning, 'onmiddellijk onder curatele stellen, zo iemand.' Hij gebaarde zo opgewonden dat er ongemerkt grijze as op zijn borsthaar viel. 'Als iemand zijn geld aan wildvreemde mensen gaat geven, zal iedere psychiater daarmee instemmen.'

'Dat beroep bestond toen nog niet,' zei de prinses. 'Net zomin als je parkeergarages had. Of politieagenten.'

'Geen politie?' vroeg de koning peinzend. 'Wanneer was dat, zei je?'

'Duizend jaar geleden.'

'Dat is verdomd lang,' zei de koning na een poosje. Hij klonk een beetje teleurgesteld.

‘De boerderij waar de drie broers woonden,’ vertelde de prinses verder, ‘hadden ze van hun vader geërfd. Ze waren samen eigenaar, maar de oudste wilde nu van enige vorm van bezit niets meer weten en stelde daarom voor zijn deel aan de twee anderen te verkopen. “Als de wereld vergaat,” zei hij, “kun je daar toch niets meer mee beginnen.”’

‘Onzin,’ zei de koning. ‘Onroerend goed is het zekerste wat er is.’

‘De opbrengst wilde hij ook weer onder de armen verdelen, tot op de laatste cent. De boeteprediker had verkondigd dat in het paradijs de armsten de rijksten zouden zijn en de zwaksten de sterksten.’

‘Onder curatele stellen,’ herhaalde de koning.

‘De jongste broer,’ vervolgde de prinses, ‘degene die niet in het einde van de wereld geloofde, was meteen bereid om zaken te doen. Maar daarvoor moesten ze met z’n drieën zijn en de derde hadden ze al in geen dagen gezien.’

‘Liep die ook rond met erwten in zijn schoenen?’

‘Nee,’ zei de prinses, ‘al geloofde ook hij in de ondergang van de wereld. Tenslotte was er die komeet geweest, dat ei met tekens en dat kalf met zes poten. Maar zoals dat soms gaat, had hij uit dezelfde overtuiging een heel andere conclusie getrokken dan zijn broer. Als het dan afgelopen moest zijn, dacht hij, dan moest het maar afgelopen zijn. Maar daarvoor wilde hij geleefd hebben. Echt geleefd. Zonder iets over te slaan. Er waren genoeg mensen die er net zo over dachten en samen trokken ze van dorp naar dorp, ze bezatten zich elke dag en vraten zich vol tot ze moesten kotsen. Er waren ook vrouwen bij. Daar gingen ze om de beurt mee naar bed en soms ook samen. Ook de mannen deden het met elkaar als ze zin hadden. Wat maakte het tenslotte uit of je voor een kleine of een grote zonde in de hel kwam? Het paradijs konden ze wel vergeten. Heiligen waren ze nooit geweest en dat zouden ze in die korte tijd ook niet meer worden.

Op hun tochten door de dorpen zagen ze geregeld een boetprocessie van weeklagende mensen, die met zware kruisen sjouwden en as op hun hoofd hadden gestrooid. Als ze elkaar tegenkwamen, zongen de ketters spottende liederen en vochten ze met de boetelingen. Die werden tot bloedens toe geslagen, maar dat vonden ze terecht, heel terecht.'

'Hopelijk hadden ze bakpoeder bij zich,' zei de koning en hij lachte alweer niet. Hij moest heel veel rottigheid gehad hebben.

'De jongste zoon bleef thuis, bewerkte de akkers, molk de koeien en vulde de schuur. Toen hij op een avond moe van het land kwam, hoorde hij een vreemd geluid. Eerst dacht hij aan een spook; in die tijd hielden ze altijd rekening met zulke dingen. Maar het was een mens. Een man. Hij lag op de mesthoop voor de boerderij hard te snurken. Eerst herkende de jongste zoon de man niet. Maar toen zag hij dat het zijn broer was, degene die zich met gebras en ontucht op de eeuwigheid voorbereidde.'

'Gebras en ontucht,' zei de koning. 'Sinds wanneer praat jij zo hoogdravend?'

'Vreten en neuken,' vertaalde de prinses.

'Zeg dat dan, verdomme.'

'Sorry,' zei de prinses. 'De middelste broer was in zijn dronkenschap bij iemand op het dak geklommen en had zijn been gebroken toen hij naar beneden viel. Zijn makkers hadden hem naar huis gesleept en op de mesthoop gedumpt. Toen hij uit zijn roes ontwaakte, vroeg hij om een borrel om de pijn te verdoven. Dat zijn been kapot was, vond hij maar vreemd. Nog vreemder vond hij het voorstel om er een deel van de gezamenlijke boerderij bij te kopen. "Geef mij maar de wijn uit de kelder en de hammen uit de schoorsteen," zei hij, "dan is alles wat ik heb van jullie." En ze bezegelden het met een handdruk.'

'Als je zat bent, doe je de gekste dingen,' zei de koning. 'Ik zou je verhalen kunnen vertellen ...'

'Wil je dat?' vroeg de prinses.

'Nee,' zei de koning, 'verhalen vertellen is jouw zaak.'

'Toen ze van de wijn en de ham hoorden,' vervolgde ze dus, 'kwamen zijn vrienden langs met een kar. Ze zetten hem erop, laadden de wijnvaten en de hammen in, spanden zichzelf als paard voor de wagen en zongen bij het weggaan zelfverzonnen schunnige psalmen. Later drukten ze een doornenkroon op zijn hoofd en riepen hem uit tot hun koning en verlosser. Algauw geloofde hij zelf in zijn nieuwe waardigheid en zegende en vervloekte hij ze zoals het hem uitkwam. Als ze weer een boetprocessie tegenkwamen en met de berouwvolle zondaars vochten, vuurde hij ze aan vanaf zijn troon. Zo trokken ze van dorp naar dorp en hoe meer het einde van de wereld naderde, hoe ijveriger ze zondigden om toch vooral niets te missen.'

'Als ik wist dat de wereld verging ...'

'Wat dan?' vroeg de prinses.

'Ik zou me van tevoren van kant maken.'

'Echt?'

'Absoluut,' zei de koning. 'Maar ik zou het wel heel zeker moeten weten.'

'De ene broer zondigde dus,' ging de prinses door, 'en de andere bad. Hij liet zich zijn derde deel uitbetalen en verdeelde het geld onder de armen. Zo hadden ze allebei hun recht op de boerderij van hun vader verkocht, de een om het op te vreten en te zuipen en de ander om het weg te geven. De jongste broer, die nu de enige eigenaar was, werkte door zoals hij gewend was, tot het jaar ouder werd en er op het land niets meer te doen was. Daarna zat hij in huis bij het vuur noten te kraken. De herfst was allang voorbij. Overdag werd het niet meer echt licht en 's nachts bevroor het water in de kruik. Hij kon niets anders meer doen dan op het einde van de wereld wachten.'

'Wachten is waardeloos,' zei de koning. 'Ze hebben hem naar het ziekenhuis gebracht, de vent die mijn bekleding heeft verpest. Ze geloofden ons verhaal dat het een bedrijfsongeval was, maar misschien komt hij toch nog een keer bij en vertelt hij hun wat er echt is gebeurd.' Hij lurkte aan zijn sigaar, maar die was definitief uit. Woedend smeet hij hem op het kleed. 'Nou ja,' zei hij na een poosje, 'misschien heb ik geluk en legt hij het loodje.'

'Ja,' zei de prinses, 'misschien heb je geluk.'

'Wachten is waardeloos,' zei de koning. 'Vertel verder.'

'Het werd december. December 999. Anders trokken in die tijd de winterdemonen met hun afschuwelijke maskers van huis tot huis en lieten zich met een beker wijn of een koperen munt milder stemmen. In dat jaar bleven ze weg. Wie zich tegen boze geesten wilde beschermen, moest zelf een maretak boven de deur hangen of een dode hond onder de drempel begraven. Dat waren aloude, beproefde middelen. Maar als rond middernacht de hoorns voor de laatste slag werden geblazen, zou er dan ook maar één drempel op zijn plaats blijven? Zou niet elke deur uit zijn hengels springen? Zou het niet vuur en zwavel uit de hemel regenen zoals in Sodom en Gomorra? Zou er geen duisternis over het land komen zoals in het weerspannige Egypte? Zouden de muren niet instorten zoals destijds in Jericho?'

'Je bent echt goed op dreef,' zei de koning. 'Je hebt zeker in verdomd veel hotels geslapen.'

'In te veel,' zei de prinses.

'Maar nu heb je mij,' zei de koning.

Een nachtvlinder had een spleet in het vensterluik ontdekt en fladderde rond de lamp.

'Ja,' zei de prinses, 'nu heb ik jou.'

'Vertel verder,' zei de koning.

'Hoe meer de dag van het einde van de wereld naderde, hoe meer mensen erin geloofden. Sommigen staken hun eigen huis in de fik in de hoop daarmee de wereldbrand af te wenden, zoals je een stoppelveld afbrandt om te zorgen dat een bosbrand zich niet uitbreidt. Anderen herinnerden zich dat God in Bijbelse tijden met dierenoffers milder was gestemd. Zij sneden hun vee en soms ook hun kinderen de keel door. Er waren er die zo hoog mogelijk op een berg klommen in de hoop daarboven de bazuinen van het laatste oordeel niet te hoeven horen. Velen hingen zich op of sloegen een gat in het ijs van de dichtgevroren meren en sprongen erin. De kerken waren vol en in de huizen zaten de mensen in het donker omdat ze hun kaarsen allemaal voor de altaren hadden aangestoken.'

'En die malloten met hun orgieën?' vroeg de koning.

'Hun zonden raakten langzamerhand op. In de nazomer hadden ze van het einde van de wereld gehoord en nu was het winter. Alles wat hun aan verboden dingen te binnen was geschoten, hadden ze uitgeprobeerd. Maar hoe vanzelfsprekender, hoe saaier het zondigen werd. Een paar waren er ook afvallig geworden, soms van het ene moment op het andere, ze hadden zich bij de boetelingen aangesloten en hun smeekgezangen klonken nu overal bovenuit. Anderen verdwenen zonder uitleg; 's avonds hadden ze nog met hen gedronken en 's morgens waren ze er gewoon niet meer. Toen december ten einde liep, waren ze met te weinig om nog een kar te trekken, vooral omdat de wijn opgedronken en de ham opgegeten was. De middelste broer moest met zijn zere been achter hen aan strompelen. "Ik ben toch jullie koning, jullie verlosser," riep hij al zwaaiend met zijn doornenkroon. Maar ze wachtten niet op hem en na een tijdje was hij helemaal alleen.

Toen werd het 31 december.'

'En de wereld verging niet,' zei de koning.

'Natuurlijk niet,' zei de prinses. 'Alleen de leuke dingen gaan eraan.'

'Dat is waar,' zei de koning.

'Met oud en nieuw,' ging de prinses door, 'zat de jongste broer in z'n eentje thuis bij het haardvuur. Het was heel stil. Het enige wat hij hoorde was het geknetter van de vlammen en heel in de verte het gelui van de kerkklokken. Er luidden veel klokken die nacht.

Ze hadden toen geen uurwerken en daarom kon hij niet weten wanneer het middernacht was. Hij kon alleen maar wachten, hoewel er volgens hem niets te wachten viel. Hij had nooit in de voorspelling geloofd. Maar nu het tijdstip naderde, bekroop hem toch de angst. Misschien had hij ongelijk gehad en hadden alle anderen gelijk. Misschien was het verkeerd geweest om gewoon door te werken zoals in een normaal jaar. Misschien had hij ook moeten bidden of zondigen of wat dan ook. Misschien ...

Van al het nadenken werd hij moe en toen hij weer wakker werd, was het vuur uit en buiten was het licht. Als de wereld inderdaad was vergaan, dan had hij door de ondergang heen geslapen. Aan de andere kant ... Als er geen wereld meer is, loeien er ook geen koeien omdat ze niet op tijd zijn gemolken en hun uiers pijn doen. Als er geen wereld meer is, heb je geen koude voeten. Als je na het einde van de wereld naar buiten gaat, hoor je geen kerkklokken. Er luidden er nog steeds een paar, maar het waren er al minder.'

'En dat is het hele verhaal?' vroeg de koning.

'Nog niet.'

'Als hij bijkomt, bellen ze me op,' zei de koning. 'Als hij het loodje legt ook. Eerder kan ik toch niet slapen.' Hij boog zich uit bed en raapte de sigaar op. 'Denk je dat ik hem nog een keer kan aansteken?' vroeg hij.

'Liever niet.'

'Je hebt gelijk,' zei de koning. 'Ik had toch het dure merk moeten nemen.' Hij smeet de sigaar weer op het kleed en de prinses ging door met haar verhaal.

'De eerste die thuiskwam, was de broer die met de bende ketters had rondgetrokken. Zijn been was verkeerd aan elkaar gegroeid en zijn voorhoofd zat vol littekens van de doornenkroon.

"Ik heb geen borrel voor je," zei de jongste.

"Geeft niet," zei zijn broer. "Ik heb er toch nooit iets aan gevonden."

Over de ondergang van de wereld repten ze met geen woord. De jongste maakte een schotel warme gierstepap en de middelste at de pap langzaam op en zei: "Het is goed om weer in je eigen huis te zijn."

"Het is jouw huis niet meer," zei de jongste. "Jij hebt je aandeel verkocht. Voor twee vaten wijn en vier gerookte hammen."

"Dat zullen we nog wel zien," zei de middelste.

De oudste broer kwam pas na een paar dagen. Hij was een van de allerlaatsten die het in de kerk hadden volgehouden. Het zou toch kunnen, hadden ze gedacht, dat de voorspelling wel klopte maar dat er een foutje in de tijdrekening was geslopen. In de loop van duizend jaar kon zoiets makkelijk gebeuren. Maar op een gegeven moment was hun honger toch sterker geweest dan hun geloof.'

'Dat is altijd zo,' zei de koning.

'Waarschijnlijk,' zei de prinses. 'Toen de oudste binnenkwam, was hij een beetje verlegen. Hij vond het pijnlijk dat de wereld niet was vergaan. Daarom keek hij extra streng en beval: "Breng me brood."

"Je zou er beleefd om kunnen vragen," zei de jongste.

"In mijn eigen huis geef ik de bevelen," kreeg hij als antwoord.

"Het is jouw huis niet meer," zei de jongste. "De boerderij is nu van mij. Jij hebt je aandeel verkocht om geld voor aalmoezen te hebben."

"Maar de wereld is niet vergaan," zei de oudste.

"Zaken zijn zaken," zei de jongste.

"Dat zullen we nog weleens zien," zei de oudste.'

'Wat een rotzak,' zei de koning.

'Hoe zou jij reageren als iemand een contract met je sluit en zich er vervolgens niet aan wil houden?'

'Dat probeerde iemand me vandaag te flikken. Maar ik had een 32mm-steeksleutel bij de hand. En nu is mijn bekleding verpest. Ga door.'

'De drie broers werden het niet eens,' vervolgde de prinses. 'De jongste hield vol dat de boerderij nu van hem was ...'

'Precies,' zei de koning.

'... maar de twee anderen spraken hem tegen. De middelste stelde zich op het standpunt dat hij op het tijdstip van hun overeenkomst dronken was ...'

'Zijn probleem,' zei de koning.

'... ze hadden hem zijn handdruk ontfutseld en daarom was de zaak ongeldig.

"Je hebt twee vaten wijn en vier hammen gekregen," zei de jongste.

"Dat bewijst wel dat ik niet goed bij mijn hoofd was," zei de middelste. "Dat zou toch een belachelijke koopprijs zijn voor een derde deel van zo'n mooie boerderij."'

'En de oudste broer?' vroeg de koning. 'Die had tenslotte echt geld gekregen.'

'Dat ontkende hij ook niet. Alleen was het volgens hem geen koopprijs geweest, maar een noodzakelijke bedrijfsuitgave. Uitsluitend met de aalmoezen, de processies en de gebeden hadden hij en de andere boetelingen het dreigende onheil op het allerlaatste moment weten af te wenden. Hij had iets ondernomen, in tegenstelling tot de twee anderen. Zonder zijn inspanningen was de wereld onherroepelijk vergaan en was er van de boerderij niets overgebleven. Als hij er goed over nadacht, kwam hem daarom eigenlijk een veel groter aandeel toe dan zo'n bescheiden derde deel. Maar met het oog op de broederlijke eensgezindheid zag hij van die rechtmatige aanspraak af.

Ze werden het niet eens en ...'

Het mobieltje van de koning ging. Hij keek op het schermpje, sprong uit bed en sloot zich op in de badkamer.

De prinses keek of ze de nachtvlinder zag, maar hij was nergens meer te bekennen. Waarschijnlijk had hij zijn vleugels verbrand.

De koning kwam terug en schoot zijn broek aan.

'Is er iets gebeurd?' vroeg de prinses.

'Bemoei je niet met mijn zaken,' zei de koning. Hij trok zijn hemd over zijn hoofd en kon in de haast de halsopening niet vinden. Door de stof heen klonk zijn stem heel vreemd toen hij vroeg: 'En hoe loopt het verhaal af?'

'De oudste en de middelste gooiden het op een akkoordje,' zei de prinses, 'en sloegen de jongste dood. Het was een tijd waarin de mensen veel wilden vergeten en dus was er niemand die naar hem vroeg.'

'Hoe hebben ze het gedaan?' vroeg de koning terwijl hij zijn overhemd dichtknoopte.

'Hoe bedoel je?'

'Hoe hebben ze hem doodgeslagen?'

'Met een 32mm-steeksleutel,' zei de prinses.

De koning schoot in zijn schoenen en liep naar de deur.

'Bakpoeder,' zei hij.

De tiende nacht

'Ik ben hier niet,' zei de koning. 'Ik ben hier al weken niet geweest. Gesnopen?'

'Hoe bedoel je?' vroeg de prinses.

'Voor het geval dat iemand je iets vraagt.'

'Wie zou me iets moeten vragen?'

'Niemand,' zei de koning.

'En als er toch iemand iets vraagt ... ken ik je eigenlijk?'

'Wie weet dat nou?' zei de koning.

'Ze zouden me een foto kunnen laten zien.'

'Je bekijkt je klanten niet zo goed.'

'Omdat alleen hun geld me interesseert.'

'Precies,' zei de koning.

'Geld maakt trouwens vergeetachtig,' zei ze. 'Hoe meer geld, hoe vergeetachtiger.'

De koning grijnsde en diepte zijn portefeuille op. 'Maar in ruil daarvoor wil ik een extra goed verhaal horen,' zei hij.

De prinses vouwde het bankbiljet heel klein op en liet het verdwijnen. 'Er was eens een man,' begon ze, 'die voor andere mensen bedacht hoe hun leven eruitzag.'

'Dat snap ik niet,' zei de koning.

'Jij bent hier ook niet.'

'Klopt,' zei de koning.

'Hij was heel toevallig aan dat beroep gekomen,' vervolgde ze. 'Een van zijn vrienden had een keer zijn hulp ingeroepen. Die vriend wilde zijn vrouw bedriegen en had een plausibele reden nodig om een hele week niet alleen op reis, maar ook onbereikbaar te zijn. De man uit dit verhaal bedacht voor hem een visvakantie aan een afgelegen Noors meer, waar helaas helaas je mobieltje geen bereik had. De man deed zijn werk grondig, zodoende bracht zijn kameraad een broek mee naar huis waar visschubben aan plakten en in de zak van zijn windjack zat, alsof hij die gewoon vergeten was, de rekening van een restaurant in Oslo. Zijn vrouw had dus niets door. Dat ze een jaar later toch van hem ging scheiden, had te maken met een heel andere affaire.'

'Zo'n vriend zou je moeten hebben,' zei de koning.

'Dat dachten wel meer mensen die ervan hoorden. En sommigen waren bereid voor zijn diensten te betalen.'

'Zoals ik jou betaal.'

'Nee,' zei de prinses, 'zij waren veel guller.'

De koning lachte en legde zijn portefeuille wat verder bij haar vandaan. 'Later misschien,' zei hij. 'Als het verhaal me bevalt.'

'Het zal je bevallen,' zei de prinses. 'Er komt iemand in voor die er helemaal niet is.'

'Ik ben benieuwd,' zei de koning en de prinses ging door.

'Zijn eerste lucratieve opdracht kreeg de man van een kennis die een halfjaar de gevangenis in moest en niet wilde dat zijn zakenpartners dat te weten kwamen. Voor hem verzon hij een kankeroperatie met bijbehorende chemotherapie. Dat verklaarde niet alleen zijn bleke gelaatskleur, maar ook meteen zijn kortgeknipte haar. De man gaf hem ook nog een lijst met vaktermen voor symptomen en behandelingsmethoden en hij stuurde hem nog jarenlang met zijn verjaardag en met kerst een ansichtkaart.'

'Waar was dat goed voor?'

'Wie zoveel tijd in een kliniek doorbrengt, doet daar ook kennissen op.'

'Clever,' zei de koning.

'Grondig,' zei de prinses. 'Maar zulke eenvoudige problemen vormden algauw geen uitdaging meer voor hem. In zijn hart was hij een kunstenaar en de werkelijkheden die hij bedacht, moesten zo veelkleurig en levendig zijn als een schilderij of een symfonie.

De eerste klant die daaraan voldeed was een rijke weduwe. Ze had de goede jaren van haar leven doorgebracht met een saaie bankier en wilde zich op haar oude dag avonturen herinneren die ze nooit had beleefd.'

'Dat kan niet,' zei de koning.

'Waarom niet?' zei de prinses. 'Ik zal me morgen ook herinneren dat jij hier vandaag niet was.'

'Dat is je geraden ook,' zei de koning.

'Voor de oude dame,' vervolgde de prinses, 'verzon hij een minnaar met wie ze tijdens de vele zakenreizen van haar man de meest hartstochtelijke liefdesnachten had doorgebracht. Op haar verzoek maakte hij er een proletarische handwerker van, die eigenlijk alleen naar haar villa was gekomen om een kapotte radiator te repareren, maar haar plotseling met zijn ruwe handen had vastgepakt en zonder te vragen had gekust.

Hij leverde een heel pak vergeelde brieven in het onbeholpen handschrift van een man die niet gewend is te schrijven. Op de enveloppen stond een postbusadres en de oude dame stelde zich graag met een aangename huivering voor hoe ze bij het afhalen telkens bang geweest zou zijn om ontdekt te worden. Hij deed een paars zijden lint om de enveloppen, zoals ze zelf gedaan zou hebben als de brieven echt waren geweest. Soms zat er een kleine herinnering in, een handjevol gedroogde rozenblaadjes of de bestellijst van een pizzakoerier, waar met lippenstift een hart op was getekend.

In de brieven werden de heimelijk beleefde nachten tot in de kleinste details beschreven, het gekraak van de springveren matras in een goedkoop hotel en het kleine litteken aan de binnenkant van haar dij, dat hij altijd zo graag kuste.'

'Hoe wist hij dat ze daar een litteken had?' vroeg de koning. 'Had ze hem dat laten zien?'

'Er was geen litteken,' zei de prinses. 'Maar nadat ze de brieven had gelezen en nog eens gelezen, pakte de oude dame een scheermesje en maakte de herinnering daarmee nog overtuigender.'

'Ze was geschift,' zei de koning.

'Ze was gelukkig,' zei de prinses. 'Toen ze stierf, werd er naast de brieven een testament gevonden, waarin ze de leverancier van haar herinneringen als enige erfgenaam aanwees. Ze had geschreven dat hij zich voortaan zonder angst om het bestaan uitsluitend aan zijn kunst moest kunnen wijden.'

'Verwacht je eigenlijk dat jij in mijn testament voorkomt?' vroeg de koning.

'Nee,' zei de prinses, 'ik denk niet dat jij lang genoeg leeft om er een te maken.'

De koning lachte harder dan nodig was geweest.

'Je kunt je niet als "levensbedenker" in de gouden gids laten registreren,' vervolgde de prinses, 'of een firmaplaatje op je deur hangen waarop "belevenisdesigner" staat. Maar zijn bijzondere capaciteiten werden toch overal bekend en er kwamen steeds weer nieuwe klanten.

Sommige van de levens die hij voor anderen verzon, waren echte kunstwerken. Er was een jongeman die op zijn vierde door een auto was aangereden, sindsdien in een rolstoel zat en zijn benen niet kon bewegen. Voor hem bedacht hij een jeugd vol avonturen. Bijvoorbeeld hoe hij op zijn tiende of zijn elfde een keer van huis was weggelopen en drie hele dagen niet was teruggekomen, hoe hij zich in een zigeunerwagen voor de politie had verstopt en hoe een beeldschoon meisje met zwart haar hem een lied had geleerd en hem zijn allereerste echte zoen had gegeven.

Om te zorgen dat zijn klant zich in zijn rolstoel ongestoord aan zijn herinneringen kon overgeven, leverde hij ook alle details. Bij de herinnering hoorde bijvoorbeeld dat de voeten van het meisje tot aan haar enkels onder het grijze stof hadden gezeten omdat ze geen schoenen had. En toen hij thuis weer voor de deur stond, had zijn moeder al zoveel gehuild dat haar opgeluchte gesnik klonk als gehoest.

Hij bezorgde hem de bekers van gewonnen voetbalwedstrijden en brak van een ervan een oor af, omdat ze bij het overwinningsfeest overmoedig waren geworden en de trofee naar elkaar toe hadden gegooid. Er was ook een film waarin jongens van een gevaarlijk hoge rots in zee sprongen. De opname was bewogen en je kon de gezichten niet goed herkennen, maar de ene, die met het lange haar en de bijzonder gewaagde sprong, was de man in de rolstoel, en hij herinnerde zich precies hoe het voelde om als een roofvogel door de lucht te zweven.

Daarna was hij stuntman geworden, een van de coming men in Hollywood, maar bij een bijzonder gevaarlijke truc, die alle anderen niet aandurfden, was de veiligheidskabel geknapt en was hij uit het brandende huis regelrecht in de diepte gestort. Bij de herinneringen die de levensbedenker had geleverd, hoorden ook de kreten van de omstanders en zelfs de laatste gedachte van de jongeman voor hij viel. Waarom schreeuwen ze nu al? had hij gedacht, want bij de film schrik je niet als er iets gebeurt, maar pas als de camera op je gericht is. Sinds die dag was hij verlamd, maar aan de muur hingen de gesigneerde foto's van bevriende sterren en in een album zaten berichten uit Amerikaanse kranten over zijn ongeluk. Hij was heel trots op zijn leven en vertelde er graag over.'

'Arme donder,' zei de koning.

'Hij had tenminste iets beleefd,' zei de prinses.

Buiten waren voetstappen te horen. Ze voelde hoe de koning verstijfde. 'Maak je maar geen zorgen,' zei ze. 'Je bent hier immers niet.'

'Niet zo hard,' zei de koning.

De voetstappen liepen door en de prinses ging verder met haar verhaal.

'De meeste verledens die hij moest verzinnen, hadden te maken met liefdesaffaires. Niets leek de mensen meer bezig te houden dan de harten die ze niet hadden veroverd en de kansen die ze hadden gemist. Toch waren het geen hitsige bedscènes vol acrobatische toeren die zijn klanten van hem wilden. Wat de meeste aftrek vond, waren romantische ontmoetingen vol schuchtere tederheid.'

'Waarom dat?' vroeg de koning.

'Ik denk niet dat ik je dat kan uitleggen.'

'Het kan me ook niet schelen,' zei de koning. 'Ik heb andere zorgen. Vooruit, ga door. En kom eindelijk tot de kern.'

'Toen hij een keer langs de oever van de zee ging wandelen om nieuwe inspiratie op te doen voor een bijzonder subtiele herinnering die bij hem was besteld, werd hij aangesproken door een vrouw. Een heel knappe jonge vrouw met lang, lichtblond haar.

"Je moet me hieruit halen," zei de vrouw. "Je kunt me niet zomaar aan hen overlaten."

Hij wist niet wie ze was. Weliswaar kwam haar gezicht hem vaag bekend voor, maar hij kon het niet thuisbrengen.

"Het spijt me ..." begon hij.

De vrouw viel hem in de rede. "Ik weet niet of ik dat moet geloven," zei ze. "Zonder jou was me dat allemaal niet overkomen."

Hij staarde haar aan en er schoten twee totaal verschillende gedachten door zijn hoofd. Ze is prachtig, was de ene. En de andere: ik heb die vrouw nog nooit gezien.

Hij vroeg zo terloops mogelijk naar haar naam, zoals je een onschuldige vergissing toegeeft, een vergeten paraplu of een niet geposte brief. Maar de tranen sprongen in haar ogen en ze zei: "Weet je wel hoe kwetsend dat is?" Ze draaide zich om, haar lange haar wapperde als in de wind en hij had het idee dat hij nog nooit zo'n gracieuze beweging had gezien.'

'Gracieus?' De koning floot met een soort ironische waardering tussen zijn tanden. 'We gebruiken wel heel fijnzinnige woorden vandaag.'

'Ze was een vrouw bij wie fijnzinnige woorden pasten. Ze had een tenger, meisjesachtig lichaam en grote, vragende ogen vol niet gehuilde tranen. Ze was een vrouw voor wie je gedichten schrijft of in het voorjaar de allereerste sering uit andermans tuin steelt, een vrouw die je beschermt. En hij had nog steeds geen idee waar hij haar van kende.

"Help me even," zei hij. "Ik kan me met de beste wil van de wereld niet herinneren ..."

"Anderen kunnen dat wel," zei de vrouw. "Dat is juist het erge." Ze tilde plotseling haar hoofd op alsof iemand haar had geroepen, stak haar hand uit alsof ze zich aan hem vast wilde klampen en liep toen heel vlug weg. Hij volgde haar met zijn ogen tot ze tussen de mensen aan de oever was verdwenen, en het volgende moment had hij al niet meer kunnen zeggen hoe ze eruitzag.'

'Blond,' zei de koning. 'Lang, blond haar.'

'Dat is niet genoeg. Kun jij je ogen dichtdoen en beschrijven hoe ik eruitzie?'

'Het gaat niet om jou,' zei de koning. 'Ik ben hier de klant. Hou dus je mond en ga door.'

'Sorry,' zei de prinses. 'Toen hij thuiskwam, stond de vrouw op het trapportaal te wachten. Hij deed de deur open en ze liep achter hem aan naar binnen. In de woonkamer ging ze in het verste hoekje van de bank zitten en legde haar handen op haar knieën. "Op dit moment slapen ze," zei ze. "Allebei."

Hij had geen idee over wie ze het had.

"Geen van hen weet dat de ander bestaat," zei de vrouw. "Maar ik weet het. Je had dat niet moeten doen." Ze stak haar hand uit om een vraag af te weren die hij nog helemaal niet had gesteld. "Ik ben niet gekomen om je iets te verwijten. Echt niet. Maar met wie moet ik er anders over praten?"

En toen begon ze te vertellen. Ze had het over twee mannen, de een was al heel oud en soms niet goed meer bij zijn verstand, de ander was buitensporig dik, opgezwollen door een ziekte of misschien ook alleen door tomeloze vraatzucht. Ze leefden allebei alleen en waren geen van beiden arm. Ze konden zich veel veroorloven en deden dat ook. Waarschijnlijk, zei ze, waren ze om heel verschillende redenen op hetzelfde idee gekomen, zoals iedere klant van hem wel een eigen motief voor zijn investering zou hebben.

Hij schrok, want in zijn branche was discretie belangrijk. "Wat weet u over mijn klanten?" vroeg hij.

"Te veel," antwoordde de vrouw. "Soms is het niet om uit te houden."'

Buiten kwamen weer voetstappen langs, nu in de tegenovergestelde richting. Waarschijnlijk was het dezelfde persoon als daarnet en had hij iets afgegeven of iemand niet thuis getroffen. De koning luisterde naar het geluid tot het helemaal was weggestorven. 'Vandaag kan ik niet lang blijven,' zei hij.

'Je bent hier helemaal niet,' zei de prinses.

'Toch wil ik het hele verhaal horen. Kun je het niet inkorten?'

'Zoals je wilt,' zei de prinses. 'Maar dat kost niet minder.'

'Dat komt er niet op aan,' zei de koning. 'Vertel.'

'Beide mannen, de oude en de dikke, hadden ooit herinneringen bij hem besteld. Niets buitenissigs. Veel tederheid en vooral de wetenschap dat iemand van hen had gehouden. Het gebruikelijke werk. Hij had bij de opdrachten niet geknoeid, dat zou zijn artistieke eerzucht te na zijn geweest, maar hij had toch minder moeite gedaan dan bij zijn honorarium paste. Hij had de eerste de beste oplossing genomen en niet naar een tweede, betere gezocht.

En uit pure onoplettendheid had hij een onvergeeflijke fout gemaakt. In beide herinneringen kwam dezelfde vrouw voor. Precies dezelfde vrouw. Een broos schepsel met lang, lichtblond haar, dat erom vroeg beschermd te worden. En nu was ze bij hem gekomen om haar beklag te doen.'

'Wil dat zeggen dat er in zijn kamer een vrouw zat die hij alleen maar had bedacht?'

'Zijn de mensen op wie we verliefd worden niet altijd een bedenksel?'

‘Dat is me te filosofisch,’ zei de koning.

‘De twee mannen herinnerden zich dezelfde vrouw, ze hadden allebei van haar gehouden en zij had van hen gehouden. Door die tegenstrijdige herinneringen werd ze heen en weer geslingerd, van de een naar de ander en weer terug.

Voor de dikke man was ze een danseres geweest, een die in het licht van de schijnwerpers moeiteloos over het toneel zweefde en daarna in het donker haar bloedende voeten door hem liet verbinden. Ze zou haar beroep voor hem opgegeven hebben, zo dankbaar was ze voor zijn liefde, maar hij begreep dat dat een te groot verlies voor haar geweest zou zijn. Hij offerde zijn geluk op voor haar talent en volgde alleen nog anoniem en van een afstand hoe ze van de ene triomf naar de andere danste.

Voor de oude man was ze een bedroefde bruid, die voor geld naar een liefdeloos altaar was gesleept. Hij had haar gered en ontvoerd, naar een ver land, een andere wereld, waar ze samen betoverende dagen doorbrachten, kuis als broer en zus. Tot er een andere man opdook, een jongere, die beter bij haar paste. Hij deed belangeloos afstand van haar en zei bij het afscheid: “Als je maar gelukkig wordt.”

Ze was zowel het een als het ander geweest. En nu moest ze voor eeuwig allebei zijn. Haar eigen tweeling. Hoe sterker de beelden zich in het hoofd van de twee mannen vastzetten, hoe meer ze werd verscheurd. Ze wilde hem niet beschuldigen, beslist niet, maar in twee verledens tegelijk zijn, dat was zo goed als onmogelijk. In haar eentje kwam ze er niet uit, maar hij was toch een kunstenaar, hij had ideeën, hij moest een oplossing weten te vinden, zodat ze niet langer ...

Midden in de zin zweeg ze en tilde ze haar hoofd op alsof ze naar iets luisterde. “Hij is wakker geworden,” zei ze. Toen ze naar buiten ging, liep de man haar achterna. Maar hij hoorde geen voetstappen op de trap.’

‘Hm,’ zei de koning. ‘En toen?’

‘Hij wist niet waar hij haar kon vinden, hij moest zich door haar laten vinden, zoals al twee keer eerder was gebeurd. Het was allemaal zijn schuld, dat zag hij nu wel in. Hij had knoeiwerk geleverd, ja, knoeiwerk. Hij had dat heerlijke schepsel iets onvergeeflijks aangedaan, hij had haar in een onmogelijke situatie gebracht. Maar hij zou het weer goedmaken, echt, ze zou weer gelukkig zijn, ze zou dankbaar naar hem glimlachen en hij zou haar in zijn armen nemen, beschermend en troostend, ze zou haar hoofd tegen zijn borst leggen en hij zou haar over haar haar strijken en zeggen: "Het is weer goed, kleintje, het is allemaal goed."'

'En dan met haar de koffer in duiken.'

'Misschien dat hij ook daaraan dacht,' zei de prinses. 'Al zou hij het anders geformuleerd hebben. Hij was verliefd.'

'Op een bedachte vrouw?'

'Het kon gewoon niet anders. Hij had haar verzonnen zoals ze was, hij had haar zelfs twee keer verzonnen, want zo en niet anders stelde hij zich een vrouw voor om verliefd op te worden. En nu was hij haar tegengekomen, de kunstenaar zijn kunstwerk, wat was er vanzelfsprekender dan dat ze bij elkaar hoorden?

Uur na uur wachtte hij op haar, maar ze kwam niet terug, niet die dag, niet de volgende en ook niet de dag daarna. Eén keer meende hij haar vanuit de verte tussen een heleboel mensen te zien en hij wist zeker dat ze huilde.'

'Schiet op,' zei de koning. 'Ik heb niet de hele nacht de tijd.'

'Hij wist wat hem te doen stond,' vervolgde de prinses. 'Ze leefde in twee tegenstrijdige herinneringen en daar leed ze onder. Dus mocht die tegenstrijdigheid niet voortduren. Hij had de herinneringen in het leven geroepen en hij kon ze ook weer laten verdwijnen. Wat hij had gemaakt, kon hij ook weer vernietigen.

Nadat hij een herinnering had geleverd, vermeed hij meestal elk contact met zijn klanten. Ze hadden bij hem een stuk leven gekocht om er hun eigen leven van te maken. De persoon van de verkoper stoorde daar maar bij. De dikke man was dan ook helemaal niet blij om hem te zien. Maar hij liet hem toch binnen en omdat het pistool een geluiddemper had, hoorden de buren de schoten niet. De oude man maakte het hem gemakkelijker. Zijn deur stond open, misschien in afwachting van de thuiszorg, en hij werd niet eens wakker toen er een kussen op zijn gezicht werd gedrukt.

Thuis stond de man lang onder de douche, eerst heel heet en daarna ijskoud. Van zijn kleren maakte hij meer werk dan anders, toch had hij een bloedvlek op zijn broek, want hij had een champagneglas laten vallen en zich aan de scherven gesneden.

Maar toen ze op de deur klopte, was alles perfect. Zoals hij had gedroomd. Precies zo. Ze was opgelucht en dankbaar, hij hield haar vingers in de zijne en ze zei: "Wat heb je sterke handen." Haar ogen waren diep en raadselachtig en als er tranen in blonken, dan waren het tranen van opluchting. Ze dronk champagne en lachte en wierp haar hoofd in haar nek, waarbij haar lichtblonde haar wapperde.

Na een poosje stond ze op, ze kende plotseling de weg in zijn huis, hoewel dat eigenlijk helemaal niet kon. Ze pakte zijn hand en nam hem mee naar de slaapkamer.'

'Ik wist het!' zei de koning.

'Maar weet je ook wat daar gebeurde?'

'Een missionarisstandje,' zei hij. 'Erop en eroverheen. Ik had vroeger een paar tippelaarsters lopen die me dat hebben verteld. Hoe romantischer een man van tevoren doet, hoe minder fantasie hij daarna in bed heeft.'

De prinses herinnerde zich heel wat klanten bij wie ze hetzelfde had meegemaakt. 'Dat klopt wel,' zei ze. 'Maar zo ver kwam het niet eens.'

'Nu wordt het interessant,' zei de koning.

'Ze had het licht uitgedaan, maar de gordijnen waren open. Een straatlantaarn vulde de kamer met vals maanlicht. Ze deed haar kleren uit, op een kuise en juist daarom buitengewoon opwindende manier. Hij lag op bed naar haar te kijken. Ze glimlachte naar hem en draaide zich om. Heel langzaam viel het laatste kledingstuk. Hij durfde amper adem te halen. Eindelijk keerde ze zich naar hem toe, met haar lichtblonde haar als allerlaatste gordijn. Heel langzaam stak ze haar handen naar hem uit en ...'

'En?' vroeg de koning ongeduldig.

'Niets,' zei de prinses.

'Kreeg hij hem soms niet overeind?'

'Dat wel,' zei de prinses. 'Maar toen het moment was gekomen, werd hem duidelijk dat hij als kunstenaar had gefaald. Hij was te weinig perfect geweest. Of al te perfect.'

'Wat was er aan de hand?'

'Beide keren dat hij haar bedacht,' zei de prinses, 'was hij waarschijnlijk in een al te romantische stemming geweest.'

'Dat begrijp ik niet,' zei de koning.

'Hij had dat vederlichte, zwevende haar bedacht. Die glanzende ogen. De neus, de mond en de kin. Hij had haar kleine, stevige borsten en lange, slanke benen gegeven. Hij had haar lieftallig, gracieus, kinderlijk en vrouwelijk gemaakt. Hij had haar zo perfect gemaakt dat iedere man haar wilde beschermen en voor al het kwaad in de wereld wilde behoeden. Maar hij had daarbij nooit aan seks gedacht. Dat was geen onderdeel van de bestelling geweest en het paste ook helemaal niet bij het schepsel dat hij uit de diepten van zijn eigen fantasie tevoorschijn had gehaald. Zelfs twee keer tevoorschijn had gehaald.'

'Je bedoelt dat hij haar geen ...?' In de stem van de koning kondigde zich gelach aan. Een bulderend gelach.

'Er zat alleen iets vaags,' zei de prinses. 'Een schaduw. Een niets, dat toch geen gebrek was, want ze was perfect: het ideale wezen voor een zuivere, onbaatzuchtige liefde.'

'Je kon haar alleen niet neuken.' De koning barstte nu in lachen uit. Hij brulde en gierde. Twee keer probeerde hij overeind te komen en beide keren viel hij hulpeloos weer op zijn rug. 'En daar vermoordt hij twee mensen voor,' hijgde hij.

'Bij de een werd een natuurlijke dood door ouderdom vastgesteld,' zei de prinses. 'Van de tweede moord werd hij nooit verdacht.'

'En wat deden die twee nu met elkaar?' De koning moest nog steeds lachen.

'Dat is een ander verhaal,' zei de prinses. 'Zal ik je dat ook nog vertellen?'

'Nee,' zei de koning hoestend en proestend. 'De volgende keer misschien. Hoewel ...' Hij zocht zijn onderbroek en vond hem op de grond. 'Zo precies wil ik het helemaal niet weten.'

Toen hij zijn portefeuille in zijn zak stak, zei de prinses: 'Wilde je me niet nog iets geven?'

'Hoezo?' zei de koning. 'Ik ben hier toch helemaal niet.'

En *een*

'Hou op met je verhalen,' zei de koning. 'Met je shitverhalen.'

'Ben je verkouden?' vroeg de prinses.

'Mijn ogen branden,' zei de koning. 'Omdat het hierbinnen zo stinkt. Wat is dat voor smerig parfum?'

'Dat heb ik van jou gekregen,' zei de prinses.

'Net hondenpis. Maar dat komt er nu ook niet meer op aan. Het doet er allemaal niet meer toe.' De koning had zijn broekband al losgeknoopt. Hij ging op de rand van het bed zitten en trok zijn hemd over zijn hoofd. 'Kijk eens naar mijn buik,' zei hij.

De prinses keek en zag niets bijzonders.

'Daarbinnen,' zei de koning. 'Ergens daarbinnen.' Hij deed zijn ogen dicht en schudde heel langzaam zijn hoofd. Telkens weer. In de dierentuin had de prinses eens een ijsbeer gezien die urenlang zo bewoog. Toen was ze nog een kind.

De koning probeerde de broek van zijn benen te stropen. Hij had zijn schoenen nog aan. De dure Italiaanse schoenen die hij alleen bij speciale gelegenheden droeg.

De prinses stapte uit bed, knielde voor hem neer en wilde hem helpen. De schoen raakte haar midden in haar gezicht.

'Was dat nou nodig?' zei ze.

'Ik hoef geen hulp,' zei de koning. 'Ik heb nog nooit hulp gehoeven.'

'Dat weet ik,' zei de prinses.

'Ik heb eens een auto opgetild. Helemaal in m'n eentje. Zodat ze er een man onder vandaan konden trekken. Een auto. Met mijn blote handen.'

'Dat heb je me verteld,' zei de prinses.

'Mij hoeft niemand te helpen. Mij niet.' Hij stak zijn armen omhoog alsof hij wilde slaan, maar hij liet ze weer zakken. 'Wat kan het ook schelen,' zei hij. 'Kom hier en maak mijn schoenen los.'

Toen hij naast haar lag, pakte hij haar hand en raakte de ene vingertop na de andere aan. Alsof hij ze telde.

'De geneeskunde is één grote oplichterij,' zei de koning. 'Dan ga je naar de beste dokter, naar de professor persoonlijk, als particulier patiënt ...'

Vandaar die schoenen, dacht de prinses.

'... en wat zegt hij? "Het kan ook iets onschuldigs zijn." Kan. Hij heeft daar de duurste apparaten staan en zegt: "Kan." Hij laat je vijf weken op een afspraak wachten. Meer dan een maand. Een zwarte vlek op de röntgenfoto, maar het zal hem een rotzorg zijn. Een pistool in je nek, maar het interesseert hem geen bal. "Kan," zegt hij. Het kan ook een losse flodder zijn.'

'Ik wist niet dat je ziek was,' zei de prinses.

'Ik ga misschien wel dood,' zei de koning. 'Ik ga dood en jij wilt me verhalen vertellen.'

'Daar kom je hier voor.'

'Hou je sprookjes maar voor je,' zei de koning. 'Leg ze onder de matras en pas er goed op. Je zult ze nodig hebben als je nieuwe klanten moet zoeken.'

'Je ziet er niet ziek uit,' zei de prinses.

'Die dingen zijn geniepig.' De koning liet zich op zijn rug vallen en vouwde bij wijze van proef zijn handen op zijn borst.

Ze hoorde hem ademhalen, een minuut of twee. Daarna rolde hij op zijn zij en ging hij met zijn rug naar haar toe liggen. 'Vertel je shitverhaal nu maar,' zei hij.

'Het zal je niet bevallen.'

'Begin,' zei de koning.

‘Maar het zal je interesseren,’ zei de prinses.
‘Dat blijkt dan wel.’
‘Er was eens een jongeman,’ begon ze, ‘die gewoon de straat wilde oversteken.’
‘Wat is dat nou voor verhaal?’
‘Hij kwam van zijn werk en was op weg naar huis. Meestal nam hij de metro, al waren het maar twee haltes, maar vandaag was het lekker warm buiten en hij had geen bijzondere plannen. Dus liep hij op zijn gemak te slenteren en toen hij aan de overkant een pas geopend restaurant ontdekte, wilde hij de straat oversteken om de menukaart te bekijken. Hij had een beetje honger.
Hij was een keurige jongeman en wachtte tot het stoplicht op groen sprong. Daarna begon hij te lopen en hij was net midden op straat, toen er plotseling ...’
‘... een auto aankwam en hem overreed,’ zei de koning. ‘Dit is echt een shitverhaal.’
‘Nee,’ zei de prinses, ‘toen plotseling de hele straat verdwenen was. Gewoon weg. Als in een film wanneer je na een knip opeens op een heel andere plaats bent. Eerst waren er winkels, het nieuwe restaurant en de ingang van een bioscoop. Een heleboel mensen, auto’s en fietsen. Nu was alles leeg. Geen trottoir, geen rijweg. Alleen een soort piste, kaarsrecht en eindeloos lang, aan weerszijden omzoomd met gevels zonder ramen. Alsof er opslagloodsen of vliegtuighangars achter lagen.’
‘En hoe was hij daar gekomen?’ vroeg de koning.
‘Daar eindigt het verhaal mee,’ zei de prinses. ‘Heb je zo’n haast?’
‘Vertel,’ zei de koning.
‘De verandering gebeurde zo onverwachts,’ vervolgde ze, ‘dat zijn laatste gedachte doormidden werd geknipt. Ik heb ..., had hij nog op de oude straat gedacht, ... honger, dacht hij op de nieuwe. Maar er was geen restaurant meer. Er was helemaal niets meer. Alleen die lange, blinde gevels links en rechts.

Hij bleef staan.

Geen verkeer. Nergens een straatnaambord. De grond helemaal schoon. Geen sigarettenpeuk en geen papiertje.

Ik droom, dacht hij eerst. Maar hij lag niet in bed en was ook niet ingedommeld achter zijn bureau. Hij was echt op die vreemde plaats, waar hij geen verklaring voor had.

Hij probeerde vast te stellen waar het oosten en waar het westen was, maar hij kon de zon niet vinden. De lucht was egaal grijs, zoals op sommige herfstdagen wanneer de nevel het licht opslokt. Het licht was zo gelijkmatig dat het geen schaduwen wierp.'

'Geen schaduwen?' vroeg de koning. 'Wordt dit een griezelverhaal?'

'Zou je dat erg vinden?' vroeg de prinses.

De koning gaf geen antwoord en dus vertelde ze verder. 'De jongeman besloot zijn nieuwe omgeving te verkennen. Ergens moet iemand zijn, dacht hij. Als er fabrieken zijn, moet er iemand werken en als er opslagloodsen zijn, moet iemand ze beheren. Hij liep dus op goed geluk een bepaalde kant op, steeds dicht langs de gevel. De muur die hij volgde, was van een groenig materiaal waar hij geen naam voor had. Je kon er met je hand langs strijken zonder dat die vuil werd.

Ten slotte kwam hij bij een kruising. Naar links en naar rechts strekte zich een andere lege straat uit, waar ook weer loodsen, hangars en fabrieken langs stonden. Of wat voor gebouwen het ook waren.

Ik moet onthouden waar ik al geweest ben, dacht hij. In zijn jasje vond hij een pakje papieren zakdoekjes en midden op de kruising legde hij er eentje neer. Hij had er graag iets op gelegd, maar hij zag nergens een losse steen of een stuk hout. Zijn sleutelbos wilde hij er niet voor gebruiken en zijn portemonnee ook niet. Dus liet hij het zakdoekje zo liggen en toen hij zich later omdraaide, lag het er nog steeds. Wind was hier ook niet, stelde hij vast.

Hij liep verder rechtdoor, langs een andere gevel. Toen hij met zijn vingers de muur aanraakte, voelde hij een licht geklop, alsof erachter een grote machine aanstond. Als hij zich erg inspande, kon hij zelfs het geluid ervan horen. Maar misschien verbeeldde hij zich dat ook maar.'

'Dit is een shitverhaal,' zei de koning. 'Weet je dat wel?'

'Ja,' zei de prinses. 'Maar een ander verhaal is er niet.'

De koning kneedde zijn buik. 'Ergens daarbinnen,' zei hij. 'Een zwarte vlek. Het kan ook goedaardig zijn, denkt hij.'

'Heb je pijn?'

'Je moet vertellen en geen vragen stellen. Geen stomme vragen. Daar betaal ik je niet voor.'

'Zoals je wilt,' zei de prinses. 'De man liep dus almaar rechtdoor ...'

'En rechtdoor en rechtdoor ...' bauwde de koning haar na.

'... en het geluid van de machine werd harder en harder. Twee klanken, die elkaar afwisselden. Steeds in hetzelfde trage ritme. Een dof gedreun en een iets lichter gefluit. Gedreun en gefluit. En plotseling, precies in het midden van de gevel, was er een opening in de muur. Geen deur, alleen een opening. Natuurlijk ging hij naar binnen. Hij bevond zich in een grote, open hal vol bedden.'

'Bedden?' zei de koning.

'Bedden,' zei de prinses. 'Ze stonden daar in keurige rijen, het ene naast het andere, op een afstand die net groot genoeg was om ertussendoor te kunnen lopen. Naar links en naar rechts strekten de rijen zich uit, verder dan zijn oog reikte, waarschijnlijk tot aan het eind van het gebouw. En na elke rij kwam er nog een en nog een en nog een.'

'Bedden?'

'Met mensen erin,' zei de prinses. 'Allemaal verbonden met een slangetje dat aan het plafond bungelde. De meesten hadden hun ogen dicht, maar ook de anderen leken hem niet te zien. Zelfs als hij ze aanraakte, reageerden ze niet.'

'Wat waren dat voor mensen?' vroeg de koning.

'Heel verschillende. Mannen en vrouwen. De meesten waren al oud, maar er waren ook jongeren en zelfs kinderen bij. Ze lagen daar gewoon, sommigen op hun rug en sommigen op hun zij, met opgetrokken benen. Ze ademden allemaal in hetzelfde ritme. In het ritme van de machine.'

'Een ziekenhuis?' vroeg de koning.

'Niet echt,' zei de prinses. 'In een ziekenhuis zouden artsen geweest zijn. Verplegers. Hier was niemand. Alleen die mensen in hun bed. De een naast de ander.'

'Ik ben vandaag in het ziekenhuis geweest,' zei de koning. 'Het stinkt daar zo lekker. Net als op de plee van het station.'

'Hier rook je niets. Je hoorde alleen de machine. Een dof gedreun, een licht gefluit. De geluiden kwamen van een hoger gelegen verdieping, maar er was nergens een trap.

De jongeman liep tussen de rijen door zoals hij het zich buiten op straat had voorgenomen: almaar rechtdoor. De bedden waren allemaal op dezelfde manier neergezet. Hoofdeinde rechts, voeteneinde links. De mensen met hun lege gezichten bewogen niet, alleen hun slangetjes klopten in de maat.

Gedreun, gefluit.

Na een tijd – het was een lange weg geweest – kwam hij bij de tegenoverliggende muur, waar ook weer een opening in was. Geen deur, alleen een opening.

Buiten was de temperatuur precies hetzelfde als binnen. Er was geen verschil.

Aan de overkant van de straat – als je het tenminste een straat kon noemen, zo helemaal zonder verkeer – stond het volgende gebouw. En weer een opening. Hier waren van buiten geen motorgeluiden te horen, maar stemmen. Ze leken door elkaar te praten of te roepen. Hij kon de afzonderlijke woorden niet verstaan, maar ze wekten wel de hoop dat daarbinnen iemand was. Iemand die hem kon uitleggen waar hij terecht was gekomen en wat dit voor gebouwen waren.

Toen hij naar binnen ging, werden de stemmen plotseling harder, alsof het geluid eerst door iets tegengehouden was. Ze praatten niet door elkaar, zoals hij had gedacht. Ze praatten helemaal niet. Ze schreeuwden. Van de pijn. Elke stem apart.'

'Je doet echt alles om me op te vrolijken,' zei de koning.

'Jij wilde het verhaal horen. Ik wist dat het je niet zou bevallen. Moet ik ophouden?'

'Nee,' zei de koning. 'Dat maakt nu ook geen moer meer uit. Vertel verder.'

'In die hal,' vervolgde de prinses, 'stonden allemaal afzonderlijke cellen. Net douchecabines, maar met doorzichtige wanden. Ronde cellen zonder deuren, allemaal ongeveer zo groot als een reclamezuil. De ene naast de andere, in lange, regelmatige rijen. De gangen tussen de cellen waren net breed genoeg voor de jongeman. Als hij zijn armen uitstrekte, kon hij aan weerszijden de wanden aanraken. Ze waren aangenaam warm.'

'En in de cellen?' vroeg de koning.

'Mensen,' zei de prinses. 'Schreeuwende mensen met een van pijn vertrokken gezicht. Sommigen misten een arm of een been, of de darmen hingen uit hun buik. Anderen leken ongedeerd, maar schreeuwden toch en kronkelden van de krampen.'

'Walgelijk,' zei de koning.

'Ja,' zei de prinses, 'dat vond de jongeman ook. Maar hoewel hij anders absoluut niet tegen zulke dingen kon, werd hij er niet misselijk van. Tot zijn verbazing merkte hij zelfs dat hij nog steeds honger had.'

'Ik zou ook best wat lusten,' zei de koning. 'Ik heb de hele dag nog niets gegeten.'

'Dat is de opwinding,' zei de prinses.

'Ik ben heel rustig.' De koning sloeg met zijn vuist op de matras. 'Ik ben alleen woedend. Omdat die stomme dokter geen idee heeft wat hij doet. "Kan," zegt hij tegen me. "Het kan iets onschuldigs zijn." Of ook niet.'

'De mensen in de cellen,' zei de prinses, 'hadden niets onschuldigs. Ze waren er slecht aan toe. Ze schreeuwden zonder schor te worden, maar dat gaf hun geen verlichting. Hun cellen hadden geen deuren, zodat je niet naar ze toe kon gaan om ze te helpen.

De jongeman liep ook door die hal en daarna door de volgende en de daaropvolgende en ga zo maar door. In een van de hallen stonden babyboxen, ook weer in lange rijen, en in elke box zat een oude man of vrouw. Toen hij tussen hen door liep, glimlachten ze naar hem en staken ze hun handen naar hem uit. In de volgende hal stonden weer bedden, deze keer zonder slangetjes. De mensen die erin lagen, sliepen vredig. Toen kwam er een hal ...'

'En nog een en nog een,' viel de koning haar in de rede. 'Dat heb ik nu wel begrepen. Gebeurt er ook nog iets anders in dat shitverhaal van je?'

'Natuurlijk,' zei de prinses.

'Ga daar dan verder. Ik heb vandaag genoeg gewacht. Om tien uur moest ik bij hem zijn en toen hij eindelijk zo goed was om me te onderzoeken, liep het al tegen twaalven.'

'Jij bent niet de enige die dat overkomt.'

'Dat pik ik niet nog een keer,' zei de koning. 'Vertel nou maar.'

'Zoals je wilt. Toen de jongeman weer uit een gebouw kwam en automatisch naar links en naar rechts keek, was de straat niet zo leeg als hij daarvoor steeds was geweest. Nu was er iemand. Bij de volgende kruising verdween een figuur achter een van de langgerekte gebouwen. Hij wist heel zeker dat hij het zich niet had verbeeld. In elk geval bijna zeker.

Onder het rennen maakten zijn voetstappen een galmend geluid. Alsof de grond van metaal was en zich daaronder een holle ruimte bevond. Hij rende zo hard hij kon zonder moe te worden. Maar dat viel hem pas later op.

Hij kwam bij de kruising en zag om te beginnen een handschoen liggen, precies in het midden van de straat. Iemand moest hem daar neergelegd hebben om een plek te markeren waar hij al geweest was.

Links, waar zich ook weer gevels schijnbaar tot in het oneindige uitstrekten, liep iemand weg. Een mens. De jongeman schreeuwde en gebaarde en rende.

Het was een vrouw. Ze hoorde zijn voetstappen, draaide zich om en keek hem zonder nieuwsgierigheid aan. Een jonge vrouw, ongeveer van zijn leeftijd. Ze droeg een ouderwetse jurk van zware bruine stof, een wijde rok en een bovenlijfje met veel knopen, plompe schoenen.

"Goddank," zei hij. Hij was niet buiten adem, maar hij stamelde van opwinding. "Goddank. Ik ben zo blij dat ik eindelijk iemand zie."

De vrouw wees naar de gebouwen zonder ramen die zich naar beide kanten aaneenregen. "Daar zijn veel iemanden," zei ze.

"Iemand met wie je kunt praten."

"Dat wil je alleen in het begin," zei de vrouw. "Hoe lang bent u hier al?" Hij wilde op zijn horloge kijken, maar dat was stil blijven staan. De vrouw had het gebaar gezien en knikte. "Ik zie het al, nog niet lang."

"En u?" vroeg hij.

"Het was herfst," zei ze. "Een van die late warme dagen. Stralend weer. Geen moeilijke tocht, had hij gezegd. Niet als je met een touw gezekerd bent. Misschien is het geknapt. Of er is een steen onder mijn voeten losgeraakt. Ik weet het niet. Natuurlijk niet. Misschien was het de bliksem, hoewel het niet onweerde."

"Ik begrijp het niet," zei hij.

"U komt er nog wel achter," zei de vrouw. "Tot die tijd hebt u tenminste iets te doen."

Ze liet zich niet langer ophouden. Ze liep langs hem heen alsof hij er niet was. Hij kon haar alleen maar nakijken. Op de kruising bukte ze zich om de handschoen op te rapen. Toen was ze verdwenen.

Een paar dagen kwam hij niemand anders tegen. Misschien waren het ook wel weken. Hij wist het niet, omdat het licht niet veranderde. Het werd niet donkerder en niet lichter. Op een keer probeerde hij de tijd te meten door zijn eigen voetstappen te tellen. Maar hij vertelde zich en gaf de poging weer op.

Hij werd niet moe, of hij nu verder liep of ging zitten of op de grond ging liggen. Hij voelde zich steeds hetzelfde. Niet onplezierig. Hij had alleen de hele tijd een beetje honger.

In het begin ging hij geregeld een gebouw binnen. Alleen in het begin. Ze waren allemaal gevuld met mensen die hem niet zagen. Een hal met boxen, waarvan de inzittenden zich met bloeddorstige kreten tegen de spijlen wierpen. Een andere hal met rijen badkuipen, waarin mannen en vrouwen lagen, ook kinderen, ze hielden hun hoofd onder water en bewogen niet. Alleen hun armen en benen schokten af en toe. Enzovoorts enzovoorts. Na een tijdje liep hij de ingangen onverschillig voorbij.

Op een keer kwam hij bij de kruising waar zijn zakdoek lag. Hij nam hem weer mee en legde hem ergens anders neer. Hij liep verder door de lege straten. Zonder moe te worden, maar altijd een beetje hongerig.'

'En heeft hij die vrouw nooit meer gezien?' vroeg de koning.

'Op een gegeven moment misschien wel,' zei de prinses. 'Ik weet het niet. Maar hij kwam iemand anders tegen. Pas veel later.'

'Maak het niet zo spannend,' zei de koning.

'Zoals je wilt,' zei de prinses. 'De man die op een kruising plotseling voor hem stond, was een dikke, vrolijke pastoor. Met een wit collaar en een zwarte soutane over zijn ronde buik.'

'Een pastoor?'

'Waarom niet?' zei de prinses en ze vertelde verder. 'De pastoor boerde, hield zijn hand voor zijn mond en zei: "Pardon."

"Waar zijn we hier?" vroeg de jongeman.

De pastoor boerde nog een keer. "Neem me niet kwalijk, mijn zoon," zei hij. "Ik heb zo lekker gegeten."

"Waar?"

"Er was een doopfeest," zei de pastoor. "Een stamhouder. We kregen leverknoedelsoep en varkenspootjes. Ik had net voor de tweede keer opgeschept, toen plotseling ..."

"Ik begrijp het niet," zei de jongeman.

De pastoor boerde, lachte en boerde nog een keer. "Ik heb er zo vaak over gepreekt," zei hij. "Maar zo had ik het me niet voorgesteld, het eeuwige leven."'

'Wil dat zeggen ...' zei de koning en hij ging rechtop in bed zitten. 'Wil dat zeggen dat ze in de hemel waren?'

'Zo zou je het kunnen noemen.'

'Of in de hel?'

'Als dat woord je beter bevalt ... In elk geval was het de eeuwigheid. De vrolijke pastoor legde het hem uit. "Met de dood is het niet afgelopen," zei hij. "Het gaat verder. Zoals de kerk altijd heeft geleerd. We hebben het ons alleen verkeerd voorgesteld. Na de dood verandert er niets meer. We blijven zoals we waren. Niet zoals we graag zouden zijn. We keren niet terug naar het hoogtepunt van onze kracht en onze kundigheid. Als we oud waren, blijven we oud, als we ziek waren, blijven we ziek. De laatste paar seconden zijn beslissend. Bij mij was het een beroerte, vermoed ik. Midden onder het eten een beroerte. Een mooie dood." Hij boerde opnieuw. "Alleen heb ik nu natuurlijk de hele tijd een drukkend gevoel in mijn maag. En jij, mijn zoon?"

"Ik heb honger," zei de jongeman. "Voortdurend een beetje honger. Ik zag dat nieuwe restaurant en stak de straat over."

De pastoor knikte. "Dan zal het een paard geweest zijn. Dat ergens van was geschrokken en op hol was geslagen. Je moet geluk gehad hebben toen je viel, mijn zoon," zei hij. "Dat het zo vlug afgelopen was."

"Ik heb nergens een koets gezien. Alleen auto's."

"O ja," zei de pastoor. "Die moderne machines. Wij zijn geluksvogels, jij en ik."'

'Leg me eens uit waar dat geluk 'm dan in zit,' zei de koning.

'Met plezier,' zei de prinses. 'Het is heel eenvoudig. Er zijn niet veel mensen die sterven als het goed met hen gaat. Er zijn er maar een paar die dat geluk hebben, en met hen gaat het dan ook in het hiernamaals goed. Misschien blijven ze een beetje hongerig, zoals de jongeman, maar dat wordt dan niet meer erger. Het belemmert je niet om te doen wat je wilt. Zulke mensen zijn in het hiernamaals volkomen vrij en kunnen doen waar ze zin in hebben. Ze kunnen rondlopen en alles bekijken.'

'In een rotwereld vol rotloodsen?'

'Een mens kan niet alles hebben,' zei de prinses. 'Die loodsen zijn nodig. De meeste mensen kun je na hun dood alleen nog opslaan. Als ze bijvoorbeeld in een ziekenhuis aan een of ander apparaat sterven. Of als ze verdrinken of verbranden. Dan verdrinken of verbranden ze ook in het hiernamaals. Of als iemand in de oorlog net op een tegenstander afstormt ...'

'Zo is het wel genoeg,' zei de koning. 'Hou je mond.'

'Het verhaal is nog niet uit,' zei de prinses. 'Het leuke deel komt nog.'

'Dat interesseert me niet,' zei de koning. 'Ik wil het slot van dat shitverhaal van jou niet eens horen. Dan kom je omdat je een beetje afleiding nodig hebt, omdat je een zware dag achter de rug hebt, en dan ...' Hij zat weer op de rand van het bed en sloeg met zijn vlakke hand op zijn buik. 'Weet je wat daarin zit? Een zwarte vlek. Een vlek op de röntgenfoto en ze weten niet wat het is. Zelfs die professor met zijn muur vol diploma's niet. En dan vertel jij me zulke dingen. Over loodsen en slangetjes. Snap dat dan toch,' schreeuwde hij. 'Ik ben ziek. Ik ga misschien wel dood.'

'Maak je daar maar geen zorgen over,' zei de prinses. 'Ik weet zeker dat jij onsterfelijk bent.'

In de kamer was het intussen donker geworden, dus kon de koning niet zien dat ze glimlachte. Zij wist immers hoe het verhaal afgelopen zou zijn.

Toen hij in slaap was gevallen, kleedde ze zich aan en ging ze naar buiten. In het trappenhuis had iemand de gloeilampen uit de fitting gestolen, maar ze struikelde niet. Ze liep door de foyer, door de eetzaal en door de keuken. De deur van de dienstingang piepte in zijn scharnieren. Op straat keek ze nog een keer om. Op de voorgevel stond PALACE. Ze kon de letters niet zien, maar ze waren er wel.